Franziska Trenkle

Die Essenz der Brombeere

novum ⬛ pro

Dieses Buch ist auch als
e-book
erhältlich.

w w w . n o v u m v e r l a g . c o m

Bibliografische Information
der Deutschen Nationalbibliothek:

Die Deutsche Nationalbibliothek
verzeichnet diese Publikation in
der Deutschen Nationalbibliografie.
Detaillierte bibliografische Daten
sind im Internet über
http://www.d-nb.de abrufbar.

© 2019 novum Verlag

ISBN 978-3-99064-591-8
Lektorat: Susanne Schilp
Umschlagfotos: Razvan Ionut
Dragomirescu, Kateryna Ovcharenko |
Dreamstime.com
Umschlaggestaltung, Layout & Satz:
novum Verlag

Gedruckt in der Europäischen Union
auf umweltfreundlichem, chlor- und
säurefrei gebleichtem Papier.

www.novumverlag.com

AUßENHAUT

Nildar verschwindet im Badezimmer und damit in seine Privatsphäre, die ich immer heiliggehalten habe – wie gleichermaßen umgekehrt –, nachdem er mich kurz zuvor getragen hatte wie ein Junges.

Vor gegenseitigen Übertretungen in des anderen abgesteckten Bereich hüteten wir uns, passten auf, als handle es sich um Verhütung. Und wenn ich aus Naivität, einfach weil ich mir nicht vorstellen konnte, warum etwas schon Sperrzone sei – z. B. sich an Weihnachten zu treffen oder ein Geschäftsessen abzukürzen, horribile dictu den Nachtisch zu meinen Gunsten fallenzulassen –, auf die zarten Zwiebeln innerhalb der Umzäunung trat, äußerte sich Nildar genau dann dazu, wenn offen an die Wand gestellt und mit der flachen Hand auf dem Brustkasten dagegengehalten wurde. Was sehr unangenehm war für uns beide, da er von seinen überkommenen Lebensregeln kein Jota abgewichen wäre. Und da ich auf dem Terrain „Forderungen stellen" immer äußerst unsicher zitterte, sobald Liebe sich eingenistet hatte, bedeutete solches Nachfragen und Begründethabenwollen gleichzeitig akute Selbstverletzung, leider unvermeidbares Harakiri.

Ich war es schon gewohnt, gehoben und eine kurze Strecke mitgetragen zu werden, bevor ich in der Regel abgelegt und ausgewickelt wurde. Erst als er mich hält, mich quasi sitzen lässt auf Unterarmen würdig eines Meisterarmdrückers, fällt mir sein total unübliches Rückenweh wieder ein, welches er erwähnt hatte. Etwas Schmerzverzerrtes blickt an mir hoch. Dieser Mann wird zwei senkrechte Stirnfalten entwickeln, gegen die weder Kraut noch Gift gewachsen ist. Meine Lektion während dieser ganzen Niedergangs-Phase ist, dass was man loslässt, allenfalls nicht wiederkehrt. Doch wie könnte ich nicht loslassen, was ich

leben sehen will. Wir befinden uns in einem länglichen, großzügigen Raum und während ich mich mit Nildar nahe beim ver-
hangenen Fenster aufhalte, sitzen meine Eltern im Hintergrund
am Stuben- oder Küchentisch und mischen sich nicht ein, wirken
zudem wohlwollend. Sie sitzen da wie für ein Gemälde, etwas
breitbeinig und dem Betrachter, also mir, zugewandt. Genau genommen sitzen sie vor dem Tisch und nicht am. Gerade bequem
genug, um einfach nur zu sitzen, Handflächen nach oben in den
Schoss gelegt. Stimmung von ihrer Seite her nicht gespannt,
auch nicht zwischen den beiden, sondern einvernehmlich, wahrscheinlich da bereits tot. Im Unterschied zu einem dieser nieder-
schlagenden amerikanischen Portraits, auf denen die Personen auf
den einfachsten Stühlen, in den einfachsten unifarbenen Kleidern
sitzen und einem mit der ganzen Erbärmlichkeit des Lebens in
den Augen staubig anblicken, sendete der Blick meiner Eltern
Hilfsbereitschaft aus, ohne aus seiner Stummheit hervorzutreten.

Nildar verschwindet im Badezimmer, um sich seines Rückens
anzunehmen. Schien und scheint mir passend, bei körperlichen
Malaisen jedweder Art im Badezimmer wie in ein Kurhaus zu verschwinden, um erst einmal einzig sich selbst an sich selbst heran-
zulassen. Während ich in die Schule müsste, um eine Lektion ab-
zuhalten, die jedoch später beginnt – ein vollkommen unüblicher
Umstand – und demzufolge auch nur eine knappe Stunde dauert.
Die Eltern blicken verständnisvoll. Mich stört bei dieser Aussicht
einzig, dass ich noch einmal wegmuss, nicht dass es bereits Nacht
ist oder draußen alles feucht, es von den lederartigen Blättern
tropft. Auch scheint es nicht walbauchfinster zu sein, eher wie
anhaltendes Dämmerungslicht, als lebten wir auf einem anderen
Planeten, mit verzögerter Umlaufbahn vielleicht oder kleineren
Sonnen. Ich wäre ohne weiteres bereit gewesen, jetzt und auf der
Stelle mit Nildar zu schlafen, sozusagen um den Akt vollbracht
zu haben; um ein Quäntchen Realität mehr in mir zu haben,
alsdann hätten sich Atome von Echtsein in mir aufgehäuft, die
sich vielleicht zueinander hingezogen gefühlt hätten wie Eisen-
partikel, sich zu einem Kristall gebildet hätten, den ich hätte hüten
dürfen. Nicht umsonst nennt sich solches Erinnerungsschatz.

Plötzlich übersiedet es mich heiß und nass, rinnt an mir herab wie Nachtschweiß, an dem Tropenfalterflügel kleben bleiben, fühle ich mich wie aufgejagt nach tiefem, bohrendem Schlaf, denke nämlich, dass Nildar womöglich nicht mehr aus dem Badezimmer auftaucht, entweder bereits verschwunden ist oder sich innerhalb des Badezimmers aufgelöst hat, durch den Badewannenabfluss gespült wurde mitsamt Säure; Knöchelchen wie Schädel alles denselben Weg. Das geht mir im Traum durch den entzündeten Kopf, während ich – gleich einer Ermittlungsbeamtin – seine Habseligkeiten, Siebensachen, fahrig durchkämme, doch alles, was ich finde, sind Rasierklingen nebst einer angebrochenen Packung Kondome. Würde er solches einfach zurücklassen? Warum sind Männer-Kulturbeutel so eintönig? Wie ist ihm die Ausflucht ins Badezimmer gelungen? Stand ich doch gerade nicht unter der Wahrnehmung, dass ich auf ihn hätte aufpassen sollen – was ich sowieso lieber einmal passiv erlebt hätte: wie auf mein Dasein aufgepasst wird –, denn eigentlich war abgemacht und ich spürte es an der Ausrichtung der Luft, dass wir nachher miteinander schlafen würden. Ich würde wieder seine Finger in mir spüren und sie zusammenpressen. Solches Liebesspiel hatten wir uns nie vorenthalten, deshalb hätten wir diesbezüglich kaum Mätzchen gespielt. Nildar bezeichnete mich stets als gefügig, ein Wort, das einzig bei ihm, so schien es mir, keinen machistischen Beigeschmack verbreitete, ja, mir erstaunlicherweise gefiel, denn ich wollte unter allen sexuellen Umständen gefügig sein, war geradezu erpicht darauf wie ein begeisterter Welpe, wenn es ans Spielen auf der Wiese ging. Manchmal gebrauchte Nildar auch den Komparativ, gefügiger, als hätte ich mich noch steigern können.

Schöne Tage in Katalonien verlebten wir beide – gleichsam unser Arkadien –, kann hier ohne Mühe sagen „wir", Nildar zeigte damit keine Probleme, ja, benutzte es, selten zwar, aber selber. Als ich nach einer Woche in dem städtebaulich großzügigen, raumverschwenderischen Teil Barcelonas ankam, in dem die Avenidas nur so strotzten und unser Fin-de-siècle-Hotel gleich zwei Straßen für sich reklamierte, mit prunkigen Eckerkern sich hervortat, gleichsam an die Brust schlug, hatte Nildar sich im Bett und in der Stadt bereits eingenistet, alle Laken und Kissen ausgiebig zerwühlt und zerknittert, den Schmutzige-Wäsche-Koffer mit weißen Stoff- und Baumwollhemden unordentlich befrachtet. Zimmerreinigung ließ er nur während meiner Anwesenheit sowie aufgrund meines Begehrens zu, ansonsten wies ein Schild an der Tür stets darauf hin, ihm mit seinen Sachen den geheiligten Frieden zu lassen.

Vom Standpunkt der zurechtgemachten Diva aus hätte ich erwarten dürfen, vom stadtfernen Flughafen umarmend abgeholt und in die Stadt geleitet zu werden, aber gewiss doch fand ich, wieder zurechtgeschrumpft in meine Billigjeans samt Ballerinas, den Weg auch alleine mithilfe einer selbst recherchierten Adresse und Straßenkarte, nachdem mich Nildar dem Sonnenstand, den Himmelsrichtungen sowie einem Hotelnamen hatte überlassen wollen, um so ausgerüstet als vermeintliche TickTrickundTrack oder Großstadtpfadfinderin beim ersten Anlauf und ohne Irrlauf bis zu ihm vorzustoßen. Äußerst bald jedoch schloss ich sein kleines Hotelzimmer ins Herz, das selbst in einer Ecke untergebracht schien und über eine Brüstung weit mehr als einen Balkon verfügte; besonders die stets offenstehenden Fenstertüren, die mir das Meer mit schwacher Brandung näherbrachten nebst abgerissenen Nachbarsgesprächen, in dem morgendlichen Halbschlummer, der mir zu dem Zeitpunkt zu eigen war, bereits alles registrierend bei physischer Immobilität. Davon einmal abgesehen muss von durchaus mobilen Tagen die Rede sein, Nildar erhob sich für seine Verhältnisse früh, wenn auch, was das Wachsein betraf, meinem stundenlang hinterherhinkend. Selbstredend – denn üblicherweise gingen wir morgens einer Arbeit nach und hatten uns früh aufweckend-erwachend erst gerade spätnachts ausgekostet – übten wir für einmal Liebe am Vormittag aus; Gelegenheit schafft Liebe. Ich lag wie am Strand, wenn auch leicht fröstelnd, mit angezogenen, dadurch schlanker wirkenden Beinen und blätterte in dem Führer hin und zurück. Ich hatte keinerlei Ungeduld oder Absicht, Nildar wachzuwünschen, dennoch schien er meine geistige Funkbereitschaft zu spüren, meine akute Hirnschärfe, die andere Wellen sendet als ein schlafendes Kind.

Auch hatte ich bereits geduscht und musste nur unter dem hotel-
eigenen, etwas kratzigen Badetuch ergattert werden, was seinen
männlichen Händen keine Mühe bereitete, sowieso nichts wäre
ich lieber entgegengekommen als diesen Fingern und unzerbrech-
lich wirkenden Handgelenken, die ich gerne überall in, an und
auf meinem Körper gehabt und darüber hinaus jede weitere ver-
fügbare Präposition wie ebenso Position zugelassen hätte in Bezug
auf denselben; jederzeit. So lag ich im Nu nackig da und ließ mich
freudig auf ihn ziehen, der eine gute Unterlage abgab für eine
ganze Lektionsdauer, solid und warm und fest. Mein zu diesem
Zeitpunkt stets leicht unterkühlter Körper wäre noch so gerne in
seinen hineingeschlüpft, so erkundete ich alles nach Nischen und
Durchgängen, mich dabei anschmiegend, als gelte es, zwei Blätter
zusammenzukleben. Auf seine kommende Erregung war ich richtig
stolz, als wäre dies allein mein Eigentum und selten Kostbares,
ich drückte mich gegen seinen Unterleib, um nichts zu verpassen,
kam dabei im Gegenzug praktisch zum Orgasmus, ohne dass
ich es hätte erwarten können, den ganzen Menschen, nicht bloß
seinen Penis in mir zu spüren. Vielleicht liebte ich ihn auch deshalb so, weil ich mich gedankenlos gehen lassen konnte wie sonst
bei nichts und niemandem. Mich in seiner körperlichen Gegenwart für etwas zu schämen oder wegen einer Sache zu genieren,
lag mir ferner als dem Kind der Gedanke, nicht zu spielen. Lust
lag stets verborgen in einem barocken Kästchen hinter meinem
Bauchnabel und es brauchte der Knopf nur gedrückt zu werden,
worauf das Schloss aufschnappte. Bevor Nildar in mir kam und ich
mich auf dem Rücken platzierte, meistens, zog er immer selbst ein
Kondom über, wogegen ich nichts hatte, außer dass es beträchtlich
zu lange dauerte und ich mir zum weiteren Ausmalen mit meinen
Gedanken aushelfen musste, die ganze Abläufe und Zyklen zehn-
fach vorwegnahmen und durchspielten, bis Nildar endlich meine
Schenkel aufklappte und in meiner Scheide vorwärtskam, die ihn
sogleich mit allen Mitteln einvernahm wie die Lippen eines Säug-
lings, den man schließlich nach langem Schreien stillte.

Tagsüber widmeten wir uns dem Strandleben, fasziniert davon,
wie ich war, wenn eine Stadt über ihr eigenes Meer mitsamt Bade-

strand, Badetüchern, Badenixen, Nackedeis, Strandbars und Erd-
beerverkäufern verfügte. Baden am Meer war für mich bis dahin
mit Provinz verhängt, denn Städte spielten sich im Hinterland ab.
Nie hätte ich gewagt, diese provinzielle Vorstellung einer Welt-
geographie meinem Weltreiser darzulegen, der alles schon gesehen hatte und überall schon gelandet und von so und so vielen
menschlichen Zungen beleckt worden war. In mir dagegen waltete
immer noch die kindliche Einbildungskraft, die sich ihre Welt aus
Schulferien, Jugendbüchern und Schlüsselerlebnissen zusammen-
geklaubt wie -geklebt hatte und die nie modernisiert worden war,
vielmehr im Russland des 19. Jahrhunderts sowie in weiteren,
fabelhaften Romanen sich auskannte und behaglich fühlte. Daher
stammt auch meine Sprache, die sich weniger um alle aus dieser
gefertigten Wissensgerüste und Fachgebäude kümmert, dafür ganz
stark und sehr mütterlich um sich selbst kreist. Wohl auch des-
wegen verfolgte mich im Unterschied zu Nildar stetes Staunen ob
all den Straßen-, Häuser- und Gasseneindrücken, die sich vor uns
auf dem Weg zum Strand auftaten, den Blick nach oben geheftet,
eine Folie über die Fassaden ziehend, um ein Negativ oder Relief
davon mit nach Hause zu tragen im prallen Gedächtniskoffer.
Meine Rezeptoren waren unentwegt zu befriedigen, ein Kinder-
spiel für eine Stadt dieser Kultur- und Güteklasse. Auch war ich
durchgängig begeisterungsfähig, ja, durchfuhr mich Aufregung
wie ein Hochhausaufzug bei jeder schmucken Fassade, sei diese nun
plakettengeschmückt oder bar. Meiner Orientierungsunfähigkeit
ist es ferner zu danken, dass mich ein Gebäude mindestens von
vier Seiten aufs Neue zu faszinieren vermag, bevor die Wieder-
erkennung Mäßigung fordernd eingreift. Als ein gesunder Menschen-
verstand streifte ich nie durch fernes Land, dazu hatte ich meinen
Pfadfinder bei mir, der regulierte, wenn nötig, erklärte, bildete,
verglich. Um wie viel fröhlicher aber war ich, der keine Ver-
gleiche zur Verfügung standen, die so am einfachsten mit einer
Simplicissimusperspektive in Superlativen schwelgen konnte: das
schönste Haus, die blumigste Fassade, der prächtigste Platz.

Ein Plätzchen am Strand sich einzuverleiben war, noch im
September, eine Aufgabe für Fortgeschrittene. Wir schafften es

nur mit der Dreistigkeit der Fremden, so viel Sand unter unsere Tücher zu bekommen, wie ihre genauen Ausmessungen erforderten. D. h. wir mussten Mädchen- und Frauen- und Männerpopos aller Schattierungen, die sich in unmittelbarer Nähe vor unseren Augen erhoben und setzten, in Kauf nehmen. Auch vermochten die gelbgrünrosa Bikinis die durchschnittliche Fleischfülle nicht zu fassen und also hängte und schwabbelte und überquoll es ein ums andere Mal auf dem Augen-Bildschirm in nächster Nähe. Selbst Nildars Körper, bei Tag betrachtet, bot keine Augenweide, abgesehen von dem Kunstturner-Zuschnitt, was die Muskulatur betraf. Eine Straße schwarzer Haare sprießte vom Bauchnabel bis zur Peniswurzel und verzweigte sich in der Folge die Beine entlangwuchernd, einzig ausgebremst von den Zehennägeln. Entschädigt für das enttäuschende Gesichtsfeld wurde ich jedoch im Überfluss, denn ach, wie liebte ich das Meer, ach, wie gern würde ich mich ihm ganz anvertrauen, es schien mir die beste Form von Wasser, das einzige Element, in dem wir uns zurechtfinden sollten; ein Wesen ohne Kiemen, der Beginn aller Degeneration. So schwammen Nildar und ich mehrfach hinaus, ich ließ ihn dann ziehen, der mit kräftigen Muskeln das Meer beackerte wie ein Mühlenrad. Wogegen ich lieber dümpelte, mich hinunterziehen ließ und wieder hochpaddelte, jede Ritze umspült vom salzigen Element, wie es meiner Haut und Nase genehm war. Ich kam mir vor wie in Flüssigsmaragd und wäre als Figürchen gerne konserviert worden unter einer dieser Plastikkuppeln mit Seetang und liebäugigen Fischelein, um von Patschhänden ein ums andere Mal auf den Kopf gestellt und von listigen Kinderblicken begutachtet zu werden. Zudem konnte ich mich im Wasser an Nildar hängen und ihn unter dem Meeresspiegel anfassen, so oft und wo immer ich wollte. Eine der Strandbars, in der Nildar wie üblich seinen Schwarztee zu sich nahm – was angesichts der Septemberabende, angesichts meiner Dünnhäutigkeit sowie angesichts der Meeresluft, die abseits der Sonne jahrein, jahraus Härchen zu stellen weiß, für mich einigen Sinn ergab –, wohingegen ich mich von innen nach außen mit alkoholischen Kalorien zu wärmen suchte, verfügte über keine zwei Tische, an denen ein und dieselbe Sprache gesprochen worden wäre. Mittendrin jedoch hielten wir unser Tischchen wie ein Inselreich besetzt und hätten Vorhänge rundherum gezogen werden dürfen. Es würde sich im Folgenden herausstellen, dass auch wir keiner gemeinsamen Sprache mächtig waren, um uns mitzuteilen, was wir uns bedeuteten, wir bedienten uns bloß der gleichen Wortbausteine wie Legoteilen. So statteten wir diesem globalen Café einen Besuch ab, nicht aber dem olympischen Teil der Strandpromenade, in dem hochmoderne Stahl- und Glasgebilde himmelweit herauskragen, dazwischen strömen die illegalen Nutten wie aus dem Holzgebälk vertriebene Kakerlaken hervor, um ohne Vorgeplänkel allen männlichen Gruppierungen sich aufzudrängen; vielleicht schaut bei dem einen ein Handy heraus, die Brieftasche des andern zeichnet sich ab über der linken Arschbacke, dort wo Männer ihr Geld locker sitzen haben und wer würde nicht erwarten von einer Frau dieses Gewerbes, dass sie einen Mann erfolgreich anzufassen versteht.

Als wir an einem Abend auf der Dachterrasse des Hotels uns – neben uns – das ganze Häuser- und Turmpanorama Barcelonas einverleibten, ich rittlings auf Nildar, so dass unser beider Augenpaare den Westen sowie Osten oder allenfalls den Süden sowie Norden – wie denn wüsste ich solches zu erkennen – zu Gesicht bekamen, die Türme der Sagrada neben den zahllosen Kränen ambitionierter Baustellen nicht minder futuristisch wirkten wie diese, ein sattblauer Abendhimmel zum Meer hinauszog, ich folglich alles, was mir zuinnerst war, greifbar nahe fühlte, gluckste die kleine Glücksquelle in mir übersprudelnd wie ein Vergnügungsbrunnen für Königinnen und deren Begleiter. Dem grenadineroten Drink, der aufmunternd wie in einem Traum selbstverständlich bereitstand, sprach ich von Zeit zu Zeit zu, wenn meine Zunge kurz von Nildar abließ. Als wir dann im Hotelbett endlich den Rest eingefordert hatten, schlief ich ohne Tücher und Leinen durch, bis morgens um vier Nildars Wärme meinen Körper erneut verlassen hatte und ich kalt wie Marmor um seine Decke bat.

Lange war ich süchtig nach Nildars Körper, der meinem so perfekt entgegenkam, wo ich, zurückgelassen, stets dachte, allein durch die mich auszehrende immerinnewohnende Anziehung müsste er zu mir hin finden, von welchem Ort auf dem Planeten auch immer, um meinen Körper abzudecken, sich einzuverleiben, auf dem seinen abzupausen. So reagierten auch meine Beine, mein Unterleib, mein Herz gleichermaßen heftig erfreut, rief Nildar mich z. B. spätabends aus einem polnischen Hotel an, in dem es ihm nur mit Aufwand gelang, die Ingredienzien für sein Teeritual zusammenzusammeln, in einer Stadt, die ich mir windig und regnerisch, scheußlich gebaut, darüber hinaus nach Urin stinkend vorstellte. Meine Vorstellungskraft baute sogleich eine ganze Bühne um ihn herum auf, wo immer er weilte, indem sich mein Kopfarchiv Bauklötze südlicher, nördlicher, westlicher oder östlicher Couleur bediente und so ein Gerüst schaffte, in welches ich ihn hineinversetzte; womöglich vergleichbar einem gängigen Computerspiel, nur endlos formenreicher, fantasievoller und farbenfroher. Da diese Anrufe unerwartet kamen, beglückten sie mich umso mehr, gerade spätabends, und ich schlief danach, ohne mich der Fantasie noch einmal hingeben zu müssen, wie in einem Katzenkörbchen.

Als Nildars erste Ansichtskarte ihren Weg durch den Schlitz in meinen Briefkasten fand, war ich noch die andere, von ihm unabhängige Person, die gerade mit neuem Liebhaber sich reger Sinnlichkeit erfreute. Sie stammte aus Ungarn und strahlte Melancholisches von einem Dächermeer in Sepia aus. Sogleich drückte ich sie gegen mich und heftete sie danach mit Reißzwecken an mein Kartenbrett, auf dem sich mannigfache Landschaften um einen Logenplatz stritten. Nildars Texte waren nichtssagend und entsprachen den Erwartungen aller. Nie wäre ich so tief gesunken, die Sprache meiner Geliebten nicht zu kritisieren. Auf der ganzen kunterbunten Welt schien es durchgehend nett und interessant. Dagegen mir schien es bald interessanter, die Treppen hinunterzustürmen und mir aus dem Briefkasten all die netten Schönwetteransichten zu holen, die, wenn ich Glück hatte, hineingeglitten waren. Nildar, voll der Pragmatik, nutzte auf seinen Reisen jedes Eckfenster Zeit, das ihm Kontrollaufträge samt -listen gestatteten, um sich einem Weltkulturerbe, verschnörkelten Altstadtgassen oder Meereswogen an die Fersen zu heften. So brachte er auch regelmäßig einen gut gefüllten Erzählrucksack mit, wenn er wieder einmal Station machte im Flachland, bei mir, seiner Seinigen.

Als wir eben das zweite Mal miteinander schliefen, fiel dies mitten in den Blutsturzbeginn meiner Tage. Überhaupt schienen sich meine Hormone schleunigst nach Nildar wie nach einem Magneten auszurichten, so dass ich ihn in der Regel blutend empfing. Eigentlich aller Empfängnis- wie Verhütungssorgen enthoben, zog es Nildar während solcher Perioden trotzdem vor, kondomgeschützt vorzugehen, was ich nie thematisierte, befürchtend bis wissend, er hätte ohne sich schlicht geweigert. Auch fiel es für meine Lust kaum ins Gewicht, die ihm wie bereits einmal davor und jedes einzelne Mal danach mit allen Säften und Drüsen und folglich einem komplett auf ihn eingeschossenen endokrinen System entgegendrängte, dass es nicht zum Sagen war. Allerdings schaffte ich es nie, Nildar zu zwei Orgasmen zu bewegen, Maßhalten schien auch hierbei seine Devise; während ich nach der Penetration noch auf mindestens zwei weitere aus war, sei es durch Fingerspiel, seltener durch Zungenertastung aller meiner Lippen, oft indem ich schaukelte auf seinen harten, starken Oberschenkeln, ein egoistisches kleines Mädchen auf der Wippe, das immer noch höher hinauswill. Er stellte mir seinen Körper zur Verfügung, von dem ich mich nicht erholen konnte. Nicht dass er so göttlich gewesen wäre – ich hatte mir Reste meines Verstandes bewahrt –, aber als Spielwiese für mich dennoch ein unsägliches Vergnügen. Meistens ließen wir uns nicht lange angezogen und nachdem ich einmal eine Freundin lobende Bemerkungen über die Unterhosen des ansonsten wenig geschätzten Freundes ihrer Schwester hatte machen hören, richtete ich mein spezielles Augenmerk auf die modische Tauglichkeit derselben, bevor ich sie von ihm runterschälte, die meistens sich an den Zehen verhedderten, zum unaussprechlichen Leidwesen meiner vollzählig versammelten Ungeduld. Ebenso wie ich selbst gerne an und in jeder Ritze berührt wurde, konnte ich es kaum erwarten, alle seine Teile mit Händen und Fingern zu umwickeln, meinen Mund damit vollzunehmen. So viel weibliche Aktivität im Bett nahm Nildar ebenso genießend wie gelassen zur Kenntnis, obwohl er, wie ich mir versichern ließ, mit Vergleichbarem nicht vertraut war, bislang. Überhaupt dünkt mich sein Verhältnis und Verhalten mir gegenüber mit „Zur-Kenntnis-Nehmen" recht adäquat umschrieben zu sein. Ich lag stets in allen Einzelheiten wie auf einer Scheibe unter seinem distanzierten, sich nur randseitig einmischenden Blick.

Bei mir zu Hause schliefen wir immer auf der Matratze, die meist blau ummantelt war und nur auf einem Rost ruhte, so dass mir mein Bett mehr wie ein Floß schien, auf dem ich Ruhe gefunden hatte. Obgleich Nildar sich frühzeitig in der ersten Nacht, um keine Ansprüche keimen zu lassen oder diesen gerecht werden zu müssen, als „schlechter Zusammenschläfer" kategorisiert hatte, was auf mich wie ein Etikett aus dem Tierreich wirkte, hätte ich gerne jede zweite Nacht neben ihm einschlafend und aufwachend verbracht, so geborgen und hautnah fühlte ich mich neben ihm; leicht an die Wand gedrängt – keine Beanstandung, ich schlief gerne wie in einer Box –, die Kühle der Mauer durch mehrere Tücher und Flanelldecken abgemildert, die Nildar für mich einladend und geglättet bereitlegte, während ich im Bad noch irgendeiner Körperhygienesache nachging und er sich in Daunen und Duvet einwickelte, zuvor noch vorsorglich ein weißes T-Shirt überstreifend. Weil ich in solchem Arrangieren meiner Tücher Fürsorglichkeit ausmachte, war ich immer bewegt, wenn ich mich hineinbegab und sie um mich festzog, ich, die stets nackt neben Nildar schlief, etwas anderes wäre mir um des Himmels willen nie in den Sinn gekommen neben einem mir gewogenen Männerkörper. In all den übrigen Nächten, in denen Nildar alleine lag, erregte mich allein der Gedanke, wie mein liegender Körper ihm entgegenfieberte.

In unserem Sommer setzten wir uns gerne auf eine Bank am befestigten Rheinufer; Nildar setzte sich breitbeinig auf die Bank, ich mich rittlings auf ihn. Manchmal aßen wir auch zuerst etwas oder ich trank meinen Sekt, zu dem Nildar immer Wein sagte, was mir korrekt schien. Individuelle Sprachregelungen kostete ich aufmerksam aus und fügte sie meinem Repertoire hinzu. Später einmal, als ich einen Satz, den er mir geschäftsmäßig geschrieben hatte, aus dem Stegreif zitieren konnte, spürte ich, wie ihm mulmig wurde bei solchem Besitzergreifen seiner abgelegten wie abgelegenen Äußerungen und wie froh er war, Distanz schaffen zu können zwischen ihm und mir, der Übergriffigen. Er selber kostete nie vom Wein, es war mir nicht vergönnt, ihn zu beobachten, wie ihm die Kontrolle entglitt, wohingegen meine Wenigkeit ihm dieses Spektakel sozusagen jeden Abend präsentierte. Als Kontrolleur zu arbeiten, bestimmte in erster Linie und vorbildlich sein Verhältnis zu sich selbst; oder womöglich steuerte, andersherum, das Selbstverständnis die Berufswahl. Da wir uns auf einer Rheinuferbank schlecht entkleiden konnten, pirschte Nildar sich vom Hosenbund herkommend zu meiner Scheide vor, die sich spreizte, soweit möglich in Jeans und Unterhose, fortlaufend nasser werdend gleich einem fleißigen Lieschen. Auch unter meinem Top an meinen Busen zu gelangen, war ein Leichtes; ich zog begeistert den weißen BH unter demselben hervor und stopfte ihn in die Tasche. Begeisterung war mehr meine Sache, allein, ich besorgte sie gründlich.

Gleich nach unserem ersten Nachtlager, als ich Nildar nach etwas Intimem fragte, worauf er mir mit einem „Wenn du noch magst" die Initiative zurückrollte, vergleichbar einem zaghaften Fußballjungen, unterließ ich solch heiser geäußerte Erkundigungen nach Vorlieben, um nicht weiter abzuprallen. Konditionalsätze hatten bei mir im Bett nichts verloren, das hätte selbst einem Prüfer auffallen dürfen.

Mit Nutten hätte sich Nildar nie eingelassen, so viel Unreinem zwischen den Schenkeln durfte er sich nicht aussetzen. Das beruhigte mich verständlicherweise, wenn er auf Reisen war. Über die Infektionsrate der Prostituierten in den Ländern, die er bereiste, war er durchwegs auf dem Laufenden: Nicht mit der Zange, so sein gnadenloser Kommentar. Nicht etwa, dass er mit Blut oder Sekreten Probleme bekundet hätte: die gerade während meiner Periode benutzten Pariser, die er sich stets selber über- wie abzog, sahen in ihrer Blut-Sperma-Gummi-Schleim-Mischung unappetitlicher aus als ein Häufchen hingemetzelter Würmer. Daher stammt alles Menschenleben, dachte ich mir bei ihrem Anblick, während ich immer noch erregt auf dem Rücken lag, mit Brustwarzen hart und überempfindlich bis zur Rissigkeit. Die Entsorgung der Kondome besorgte stets Nildar unaufgefordert und von mir unkommentiert, ich griff nur einmal in ein solches hinein, als ich blind nach meinen Kleidern auf dem Boden fingerte, bei deren Ertastung und korrekter Zuordnung ich kein Geschick erlangte. Alles an Nildar war hart und hatte gute Ausmaße, schließlich verfalle ich nicht jedem Körper. Manchmal nach ausgiebigem Beischlaf kam dieser charakteristische Geruch auf, der offenbar von meinen aufgeklappten Schenkeln sowie unseren sämtlichen Fingern ausging. Etwas schiffbrüchig lagen wir dann, in Gespräche abdriftend, den Schlaf umtaumelnd.

Von hinten nahm mich Nildar selten, jedoch immer überraschend; brauche ich gar nicht auszumalen, wie ich mich dabei gebärdete.

Zweimal nahm ich Nildar mit ins Kino, von meiner Warte aus gesehen hauptsächlich, um an ihm rumzumachen, von seiner Warte aus gesehen wohl ohne konkretes Ziel, vielleicht normal bei Leuten, die während der Arbeitszeit nur auf Erledigungen und Abhaken getrimmt sind. Er ergriff sofort meine Hand, nachdem wir unsere Plätze gefunden hatten und ich noch mit der Frage unschlüssig ging, ob Jacke an oder aus. Dabei verhakte er jeden Finger mit einem der seinen, ein regelmäßiges, tragfähiges Muster bildend, gerade als müsse er mich einen Berg hochziehen. Dann verstaute er dieses Hand-Faust-Paar entschlossen zwischen seinen Schenkeln. Meiner solchermaßen eingeschränkten Bewegungsfreiheit innewerdend, schlängelte ich mich bald frei, um Knöpfe an meiner Jacke zu öffnen und damit den Kompromiss umzusetzen, zu dem ich mich durchgerungen hatte. Ohne Verzögerung schlüpfte die flache Hand sogleich erneut zwischen die harten, durch ihre Kürze wie Stümpfe wirkenden Schenkel, die bereits unzählige Höhenmeter bewältigt und Gipfel unter sich gebracht hatten, denen folglich keine Steigung zu steil, kein Winkel zu spitz erscheinen durfte. Auch in der Senkrechten fühlte sich Nildar wohl, dabei seinen Fingern vertrauend, wie er mir gleich am ersten Abend auseinandersetzte, dabei bereitwilligst die Ausrüstung ausbreitend, die es neben starken Beinen und zugreifenden Händen zum Gipfelerklimmen ferner brauchte. Hätte es für mich eine klassische Alptraumszene bedeutet, an Haken und Seilen in der Bergwand zu hängen, schien es für ihn eine Befreiung und Erleichterung darzustellen, dem baren Felsen sich anzuvertrauen. Was hatten wir folglich gemeinsam? Nie jedoch hätte ich solchem Gedanken Raum gegeben und sie die Zukunft unserer sporadisch-getupften Beziehung jemals eintrüben lassen, solange ich noch an Nildar hing, nicht mit Klammern und Karabinern, mit Herzfasern und Nerven vielmehr, den strapazierfähigsten Spinnfäden ebenbürtig. Den Film nicht außer Acht lassend, den ich spielend nebenbei aufnahm, stieß ich zu Nildars eingepacktem Geschlecht vor, bei dem ich jedoch nicht zu lange verweilen durfte, von Nildar zu unverfänglicheren Berührungen genötigt. Wir küssten uns von Zeit zu Zeit trotz der unbequemen Haltung, dreimal zog ich meine Jacke an und aus. Danach spazierten wir – wie auch sonst mehrfach – durch die mir vertraute Stadt, wobei ich mich so beschwingt und unbeschwert fühlte wie in einem Glockenrock, ungeachtet all der Mäntel und Taschen, der sperrigen Bücher, die an mir hingen. Nildar nahm alles an Umgebung in sich auf, doch mehr wie ein Fotoautomat, der nur auf Wunsch die Bilder ausspuckt, die man sich selbst gemacht und zu denen man etwas gesagt haben möchte.

Während ich in Katalonien meist, quasi wortwörtlich, hinter ihm herrannte, der flottes Marschtempo vorlegte, hatte ich in meiner Stadt den Standortvorteil vertrauter Kenntnisse und konnte dadurch die Richtung bestimmen. Natürlich fiel ihm augenblicklich auf, dass Orientierung in meinem Hirn nur ein kleines Beet besaß, dazu noch schlecht bestellt.

Sexuell anzügliche SMS oder E-Mails erhielt Nildar häufiger, hauptsächlich in den ersten 9 Monaten, doch wurde dieses Blümchen nie gepflückt, worauf ich es in der eigenen Erde sich zerkrümeln und vertrocknen ließ. Wie ich auf dieses Ausblenden zu reagieren hatte, welche Reaktion einer Unreaktion am besten und freiesten entsprochen hätte, konnte ich mir nur schwer ausmalen oder eingestehen, da zu diesem Zeitpunkt bereits stark gehemmt und zensuriert durch den Wunsch, von ihm auf immer geliebt zu werden.

Warum ich so verzweifelt an Nildar hing, mag vielleicht dadurch erklärt werden, dass er in seiner Ungerührtheit und seiner quasi eines Ornithologen würdigen Beobachterhaltung für meine unentwegt webende Vorstellungskraft eine so ausgezeichnete Matrix abgab wie ein ganzer Ozean ausgebreiteter, unaufgepeitschter Wellenmuster. Mir mehr entsprochen und mich von allem Unheil abgehalten hätte ein seismographisch ausschlagender Charakter, blitzschnell auf alle Vorstöße und Berührungen eingehend, wenn nötig sie abschmetternd wie der Zitterrochen.

Einmal begleitete ich Nildar ins gesichtslose Hotel unfern der Stadt, obwohl wir genauso gut mein Bett hätten beeindrucken können, doch stand mir der Sinn nach Abwechslung und ein Hotel mehr von innen gesehen zu haben, wie versetzbar von Stadt zu Stadt auch immer, war doch immerhin etwas. Gerade auch solches lief bei mir unter Welterfahrung: ein Abtasten des Inneren, sei es von Gebäuden, Hüllen oder Menschenhäuten. Während ich im Badezimmer meine Haare kämmte und mich bereits enorm freute auf das riesige, schiffartige Bett, aus dem das Zimmer zu bestehen schien, sprach Nildar immer noch seinem Computer zu, bis ich ihm herunterzufahren befahl, welcher Lockung er sofort nachkam, um sich auf mich zu legen und mir so viel zu geben, wie ich nur nehmen konnte, ihn tief in mir spürend für Minuten, mit meinen Beinen um ihn gewickelt, als müsste er sonst entschwinden. Trotzdem schlief ich in dieser Nach schlecht, völlig ausgetrocknet, des Wasserglases nicht gewahr, das Nildar mir wortlos hingestellt hatte und das ich in meiner Blindheit nicht ausmachen konnte, mein Gehör unermüdlich auf die Regelmäßigkeit von Nildars Schnarchen konzentriert, was er an sich selten tat und wohl der rauen Luft im Zimmer geschuldet war, und mir so wertvoll und kostbar schien, sogar das noch, als sein dicht neben mir ausgehauchtes Lebenszeichen.

„Und mit der mach' ich halt viel", so führte Nildar seine Schwester Canda ein. Der schwesterliche Fixstern war von Anfang an – neben der Arbeit – die verlässliche Komponente, nach der zu fragen nie vergeblich war und somit dankbar, wenn gerade der Zündstoff ausgegangen war. Nildar war, im Vergleich zu den glasfaserigen Spinnfäden, die er für gewöhnlich zu Kumpanen aufbaute, unterhielt und wartete, was Canda, das Schwesterherz, betraf, extrem auf dem Laufenden und wurde von ihr auch fleißig auf Trab gehalten mit Ortswechseln und Umzügen; Schwesterherz schreckte vor festem Domizil gleichermaßen zurück wie großer Bruder; das Unruhegen hatte in beiden Systemen fest angedockt und heischte Beachtung. Jedoch glaube ich nichtsdestotrotz, über die Jahre, kaum fähig, der steten Strömung dauerhaft zu widerstehen, wird man gerne dorthin zurückgetrieben, wo man gelaicht wurde. Zumindest lässt sich beobachten, wie Leute in einer Art umgekehrtem Wachstumsschmerz sich ducken und Schutz suchen in altvertrauten Gefilden. Genauso wie sehr alte Leute eigentlich nur noch ein, maximal zwei Zimmer bewohnen, auch wenn der Würfel von Haus, der diese umgibt, über ein Vielfaches verfügt.

Nildar und Canda besprachen auch ihre quasi außerehelichen Seitensprünge miteinander, um allem eine kurze Zukunft vorauszusagen, so wusste sich Canda auch in mich hineinzuversetzen und gab Tipps, wie sich Nildar wohl am besten verhalte. Ihre Ratschläge konnte ich nicht immer billigen, da sie allermeist auf Trennung, Distanz und Abkoppelung hinausliefen. Immer einfach, befand ich, wenn nicht die ganze Seele mitfieberte, sondern bloß ein kühler Kopf abgehoben urteilt. Im Gegenzug dazu beurteilte Nildar ihre Suche nach Glück in den Internet-Börsen als kontinuierliches Stelldichein von Eseln und Komplettidioten. So schien ihr gemeinsames Glück auf Dauer kaum der Gefährdung ausgesetzt.

Obwohl also die Schwester in einer Art Hintergrundstrahlung stets präsent war, verschaffte ich mir doch nie ein Bild von ihr, wie viele Bilder mich Nildar auch immer sehen ließ von Landschaften und Städten, in die er sich versetzt hatte, von Freunden und Freundinnen, mit denen Nächte durchgefeiert worden waren.

Erst als wir uns nach Längerem einmal wiedersahen und eigentlich in vertrautem Gespräch befindlich, bekam ich mehrere Bilder von Canda zu Gesicht, die mir wie aus dem Gesicht geschnitten schien oder ich ihr, wo soll man da mit der Schere ansetzen? Diese doch etwas gruslige Entdeckung, mich entlarvend als ältere, intellektualisierte Ausgabe der Blutsverwandten, half mit dabei, mein Bild von Nildar zurechtzurücken und ihn, was mein Herz betraf, in die Schranken zu weisen.

Als es noch ein knappes Jahr dauerte, bevor mir lebeneinflößend klar wurde, wie leichtfertig mich Nildar für gesetzt hielt und zu welchem Leichtgewicht in Herzensdingen er dadurch für mich werden würde, in der allerrabenschwarzesten Zeit also, unternahm ich mit einer Klasse einen Ausflug in den rosen- und blütenprächtigsten Gartenpark, den die Stadt im Angebot hatte. In all dem Rosengeruch und den sich dem Himmelslicht entgegenspreizenden Blütenblättern wurden meine Sinne ebenso benommen, wie mein gehäutetes Herz verwundet war und taumelte ich wie auf Zahnstochern mich bewegend in meiner Sprachgruppe, die wenig von mir verlangte und mich dank ihrer Größe abstützte. Ich konnte leichthin etwas plaudern und kommentieren, auch fürs unvermeidbare Foto lehnte ich mich gerne in leichtem Schwindel an die Nachbarin. Zu meinem beinahe schon luftigen Zustand, der von der Umgebung allenfalls atmosphärisch wahrzunehmen war, gesellte sich noch eine leichte Frühlingserkältung und so war ich äußerst kurz angebunden, als mich während besagter Blütenprachtexkursion eine neue Kundin anrief, um eine Lektion zu vereinbaren. Selbst erstaunt ob meiner Schroffheit war ich die Woche darauf noch erstaunter, als diese tatsächlich insistierte und ein Unterricht zustande kam. Manchmal ist mir schleierhaft, wie Leute behandelt werden wollen. Meine Gruppe jedenfalls führte mich durch den Frühling mehr als ich sie und ist es schlicht gut, gibt es Gemeinschaften: die großen Auffangbecken unserer kurzen, stolpernden Existenzen. Meine Angespanntheit stammte auch daher, weil ich wusste, dass Nildar und mein letztes Treffen bevorstanden, mit einer mich jetzt schon würgenden Aussprache, die nie im Leben die Richtung nehmen würde, die ich ihr zu geben trachtete. Dementsprechend lange, lange brauchte ich, um zu verstehen, wie viel mehr mich dieses Gespräch schließlich traf, als es mich betraf. Während ich daran herumnagte, entfaltete sich um uns, bereits wieder in einem Zustand des Verblühens, als hätten Schwärme von Blütenblumen sich selbst übernommen, die königliche Farbenharmonie von Milchweiß bis Rosenrot, von Purpur zu Samt, die Skala in ihrer Totale vom blassesten hin zum sattesten Rot.

Oft wunderte ich mich, wie ich in solch aufgelöstem Zustand den Alltag geschmissen bekam. Gerade spätabends, wenn ich dazu Zeit hatte, nachdem ich in meine Wohnung geklettert war wie in einen Horst, sei es in nüchternem oder angetrunkenem Zustand, und ich weder mir noch andern eine Maske mehr vorzuhalten brauchte. So stolz auf den erledigten Tag und allein schon auf die Zeit, die man hinter sich gebracht hatte.

Sitze mit Nildar im geschmacklich eher fragwürdigen Hof eines italienisch-türkischen Restaurants. Teile ihm mit, dass ich noch auf die Toilette müsse, danach wollten wir gehen. Wie in jedem Traum mit ihm ist es nicht klar, in welchem Zustand wir leben, ob inter- oder postrelational. Brauche sehr lange für meinen Gang auf die Toilette und zurück, alle schwer denkbaren Hindernisse gilt es zu bewältigen: eine freie Toilette finden, entdecken, hinter welcher Tür schon jemand sitzt, alle Taschen, die ich plötzlich bei mir trage, ausräumen und danach wieder systematisch einräumen, mit dem Platz auf dem runden Tisch, der für eine übersichtliche Auslage aller Tascheninhalte zu kümmerlich scheint, auskommen. Schließlich werde ich hektisch und beginne, alles irgendwie zu verstauen, nur um jetzt schnell zu Nildar zu gelangen, wobei ich auf dem Rückweg durch ein Tor komme, da ich sozusagen einmal rundherum gelaufen bin. Die aufgeregten Kellner berichten mir, gleichwohl diensteifrig wie besorgt, dass Nildar bereits vor einer Weile kalt und gereizt weggefahren sei, worauf ich mich an einen länglich-ovalen Tisch setzen muss, an dem in der Folge das gesamte Personal Platz nimmt, um mit mir meinen Fall so betreten wie betroffen zu bereden. Meine Selbstvorwürfe waren heftig, meine Bereitschaft, mich vor einem präsenten Nildar zu entschuldigen, hoch; meine Verzweiflung, ihn verloren zu haben, bodenlos.

Als ich begann, Kritik zu äußern, weil Nildars Anstrengungen, mich zu Gesicht zu bekommen, merklich nachließen – vielleicht war auch mein Äußeres daran schuld, ich wurde zusehends länglicher und hagerer, meinem Gesicht kam die Frische abhanden –, womöglich hätte mich Nildar gern verlassen, ohne mir dies unterbreiten zu müssen, um eine Unterredung umhinkommend; das schien ihm, und Horden mit ihm, der genehme Weg, etwas in sich ausplätschern zu lassen, bis keine Zunge mehr danach leckt. Als ich begann, Kritik zu äußern über die abebbende Häufigkeit unserer Begegnungen, ferner über die zwischen ihnen fehlende Überbrückungskommunikation, wurde diese so gefasst und getragen aufgenommen, als säße man einem Angestellten gegenüber, auf den man ebenso gut verzichten kann, der aber auch noch ein Weilchen bleiben darf, zumindest bis sich Ersatz eingestellt hat. Nun werde ich wohl und hoffentlich immer konsterniert bleiben, springt Kritik quasi ungeöffnet zu mir zurück, nicht wie ein Gegenvorwurf, worauf ich mich hätte stürzen können, mehr wie ein abgeprallter Bumerang, der nicht versteht, wohin er gehört.

Bei einem unserer letzten Rendezvous, als bereits eine Entfremdung spürbar war, zumindest ich seine an dem kalten, geschäftsmäßigen Gebaren festmachen konnte, das ich verzweifelt vertreiben wollte wie Fliegen mit wild drauflosschlagenden Fliegenklatschen, hatte er mich tatsächlich gefragt, ob ich auch kommen wolle auf die Geburtstagsfete, was im Nachhinein besehen keinen Sinn ergab, denn alles, was ich auf seiner Party, in seinem Bekanntenkreis, am Rande eines mir fremden und mich wenig verlockenden Ortes des Namens Köln hätte abgeben können, wäre eine schlechte, extrem verunsichert wirkende Figur gewesen. Blöde Römersiedlung, dachte ich mir später oft, hat mir nichts anzubieten, Römer, Rhein und Dom, was mich nicht zu Hause vor der Tür erwartet hätte. Strategisch muss diese Einladung Nildar klar als Fehler angerechnet werden, denn sie verschaffte ihm keinerlei Punkte weder kurz-, mittel- noch langfristig. Vielleicht schien es ihm unmöglich, mir davon zu erzählen, ohne mich pro forma dabei haben zu wollen; aber wahrscheinlicher dachte er, es handle sich um keine große Sache. Wie jemand Entferntes oder Unbeteiligtes hätte ich zusagen oder ablehnen können, nach Erwägung aller pragmatischen Umstände. Obwohl ich das Datum lange im Voraus eingetragen hatte – dies nicht nur in meinem Büchlein, auch eingestanzt in meine damals aktivste Hirnregion, die anfing zu pochen, sobald ich die Augen aufschlug –, entschloss ich mich genau zwei Tage vorher, keine Folge zu leisten, mich nicht auf die Hotelsuche zu machen – für sich hatte es Nildar vorgezogen, gratis auf der ausziehbaren Couch zu schlafen und wo für ihn schon kaum Platz war, wo bitte hätte man mich unterbringen sollen –, nicht die Touristin zu mimen auf Straßen, über die ich mich wie angeschossenes Wild schleppen würde, mit Augen bereits nach innen gekehrt. Die Einladungskarte zeigte einen lebensfrohen Nildar mit einer noch lebensfroheren Freundin, sich beide gerade an thailändischem Inselgestade verlustierend. Ferien verbrachten wir keine zusammen, da mich zu reisen wenig lockte und er auf längere Sicht verbucht war, zumindest zu langfristig für etwas derart Fragiles wie unser Beisammensein. Nach außen verteidigte ich alle Freiheiten, die er sich diesbezüglich erlaubte, ja, fühlte mich selbst innen wohl dabei, wirklich darauf hinzielend, niemanden an mich krallen zu wollen, auf dass er freiwillig ewig wiederkehre. Mir klarzumachen, dass und wie dieses Gerüst auf Bambusrohren stand, wäre mindestens so schmerzhaft gewesen, wie ebensolche Rohre auseinanderzuziehen, sie federscharf anzuspitzen und mir, vorab in Krötengift getunkt, unter die Haut zu stoßen.

Eine knappe Woche vor der Geburtstagsfeier rief ich verzweifelt Nildar an, quasi um mir eine echte Einladung zu holen, eine mit Herzblut ausgesprochene, und davon mein Kommen abhängig zu machen. Aber wie stets, wenn ich an Nildars Herz appellierte, was ich insgesamt dreimal tat, dabei noch gepanzert wie eine Schildkröte sich fühlend, die auf ihrem Schild lag, verschloss Nildar diese Kammer vor mir, augenblicklich, zweimal umdrehen, Schlüssel abziehen, auf Nummer sicher gehen, Klinke extra noch einmal durchdrücken, ganz nach unten. Er könne sich nicht um mich kümmern, ein Satz, der zigfach in mir widerhallte, wie Glocken in einem freistehenden Campanile sonntagmorgens.

Nach diesem Telefonat musste ich mich mit Alkohol versorgen, dessen Wirkung dank meiner Leichtigkeit schnell einsetzte. Ich gönnte mir vermehrt mehrere Tropfen, wobei ich auf den Geschmack der süßen himbeerbonbonroten Aperitive kam, wohl um so an meine Kindheit anzuknüpfen. Etwas muss Leib und Leben zusammenhalten, sagte ich mir, an dem Strohhalm suckelnd, wie eine Biene den letzten Nektar aus dem Honigklee saugt. Die geschilderte, mich wie Milzbrand aufzehrende Köln-Episode breitete ich, gleichsam versierte Hausiererin, vor jedem und jeder aus, einzig zum Zweck, deren Kopfschütteln gleich bündelweise einzusammeln und legte es in einen flachen Henkelkorb, den ich vergiftet bei mir trug.

Nach einem bierfeuchten Abend unter Freundinnen, an dem so lange in der Beziehungsmasse gerührt wurde, bis sich unsere Kellen kaum mehr weiterschieben ließen, eilte ich über die kalte Brücke heim und hoffte, der streichende Wind würde mich austrocknen, innerlich wie äußerlich. Mir selbst ist es völlig einsichtig, warum ich erst am heimischen Küchentisch zusammenbrach, nicht vorher im Treppenhaus, auf der Straße, beim Zuziehen der schweren Eingangstüre des mittelalterlichen Hauses der teilnahmsvollen, selbst deprimierten Hilfe in Form meiner Freundin. Erst am kühlen Steintisch brauchte ich mir nichts mehr zu beweisen und ließ meine Wut auslaufen. Als ich so ermattet war, dass ich meinen Kopf kaum mehr von der Platte heben konnte, tippte ich Nildar eine Nachricht mit der Bitte, mir die nächsten Basel-Daten zu senden, was er flapsig gutgelaunt am nächsten Morgen gleich erledigte, während ich noch in Trunk und zerknülltem Vergessen lag.

Als ich ein letztes Mal auf Nildar wie auf Nadelspitzen wartete, geschah dies am Ende eines mich bereits stark gereizt zurücklassenden Tages, den erneut überstehen zu müssen, mitsamt all den in einem fort – wie mir schien – an mir hochkletternden Erwartungen, denen ich darüber hinaus im Rahmen der Höflichkeit zu entsprechen hatte, mich ausgelaugt wie ein grämliches Waschweib zurückgelassen hatte. So saß ich verhärmt, mit gleichwohl preisgegebenen Nerven an einem uns beiden vertraut gewordenen Treffpunkt vor einem vernünftigen Glas Wein sowie einem vorzüglichen Buch, in welches ich mehr als nur meine Nase zu vertiefen suchte, was mir aus reinem Trotz für kurze Konzentrationsphasen auch gelang. Als Nildar gegen 11 noch immer nicht angelangt war und ich mein Warten vor der Kategorisierung als ein Warten auf Godot zu bewahren suchte, was mir den letzten Dolchstoß versetzt hätte, weil ich solche Umwandlung eines konkreten Wartens in ein abstraktes, in dem Warten nur mehr als anderes Wort für Sein fungiert, im Leben nie ausgehalten hätte, begann ich nervös, ihm hinterherzutelefonieren, worauf er versicherte, unterwegs zu sein, ja, mir nahe im Umkreis einer Viertelstunde. Daraufhin versenkte ich mich leichter in das vor mir liegende Werk, wobei es sich um Henry James' „What Maisie knew" handelte, in dem ein schönes, reifes Kind den Trennungsreigen der Erwachsenen auszusitzen wie gleichermaßen auszubaden hat. Da der Titel des Buches um Maisies Wissen, weniger um ihr Erleben oder ihre Sprache kreiste, fühlte ich mich ihr im stummen Aufnehmen und Verinnerlichen nahe verwandt und empfand heilsame Genugtuung darüber, dass daraus ein ganzes Buch, dazu noch meisterlich gefertigt, entstanden war.

Ich trank drei große Portionen gehaltvollen, beinahe schwarzen Weins auf wenig ausgelasteten Magen, was für mein damals prekäres Körpergewicht kaum vertretbar schien. Ich schwankte wie auf Schiffsplanken allein bei der Vorstellung aufzustehen. Nildar kam schließlich nur unwesentlich schneller als der neue Tag, nachdem er sich aller anderen Verpflichtungen entledigt hatte, was mich zu der stehen, sitzen oder liegen gelassenen Bemerkung veranlasste, alles sei wichtiger als ich. Und so war es: die Arbeit erledigen, das Geschäftsessen bis zum letzten Gang absolvieren, jede zum Besten gegebene Hausbesitzer-, Gartenbesitzer-, Autobesitzerkalamität zu Ende hören und absterbend belachen, die angetrunkenen werten Kollegen nach Hause fahren, mich treffen. Abfolge, Reihenfolge und Wertordnung fielen hierbei mühelos in eins zusammen, gleich einem geplatzten Hefeteig.

Ich fühlte mich im untersten Bereich unsicher, innen wie außen. Jeder Nadelstich hätte mich verletzt. Nildar ordnete meine Verfassung geübt schnell als Kampfansage ein und ließ Besänftigungen nach zwei unfruchtbaren Bemühungen fallen. Wie stets wurde er nicht aggressiv und ließ sich zu keinerlei Beteuerungen hinreißen. Sein Gesichtsausdruck war weder teilnehmend noch blasiert, einzig nüchtern. Ich glaube wirklich, ihm schien das situationsadäquat und versuchte er so, mich zu neutralisieren. Zwar machte ich Eindruck, hinterließ allerdings keinen. Verschaffte mir Gehör, allein er war nicht bereit, mich in den Armen aufzufangen. Fürsorglichkeit war ihm fremd, solange jeder munter seines Weges ziehen konnte. Gerechterweise jedoch war er zu diesem wie nackt geführten Gespräch bereit und gekommen. Da Nildar nichts mehr trinken wollte und ich genug für zwei intus hatte, bezahlten wir bald und Nildar fuhr mich nach Hause. Wie ich alleine die Stufen zu meiner Bleibe hinaufgekommen wäre, könnte ich ausmalen, ist aber zum Verdrängen.

Nachdem Nildar so einparkiert hatte, dass er gleich weiterfahren konnte, schaffte ich es, ihn dazu zu nötigen, erstens mir zu versichern, dass keine andere Geliebte in Sicht sei, zweitens korrekt einzuparken und drittens mit mir hochzukommen, was, alles in allem, meinem schwer betrunkenen Geist oder vielmehr Körper höchstens mittlere Mühe bereitete. Beim Aufstieg beteuerte Nildar gleich zweimal, es sei alles nur Sex oder körperlich, was mich – ausgestreckt auf meiner splittrigen Rettungsplanke – nun wirklich nicht zu erreichen wusste.

Als wir uns ausgezogen hatten und ineinander verhakt waren, kam es mir derart laut und heftig, als hätte ich nicht nur Nildar damit an mich binden und festhalten, sondern gleichzeitig, durch das geöffnete Fenster, die kollektive männliche Fantasie des ganzen Straßenzugs beflügeln wollen. Natürlich würde ich weder vom einen noch vom andern etwas haben, Nildar sprang kurz darauf die Treppe hinunter wie ein Junge nach aufgehobenem Arrest. Den leichten, violett gefärbten Schlüssel, der Nildar ein Jahr lang Zutritt zu Wohnung, Haus und Grotte verschafft hatte, entdeckte ich, die in die Lanzettenspitze des Bewusstseins hinein Aufwachende, neben mir auf dem Nachttisch, so blitzartig und tiefschlagend, als würde er radioaktiv in meinen Schlafkorb strahlen.

Nachdem ich mich endlich heftig und Blutfetzen mitreißend, aber in unbezweifelbarer Kopfklarheit abgenabelt hatte, erlebte ich einen Traum, in dem wir zusammen nach London unterwegs waren, Nildar wie immer als Fahrer, am selben Tag hin und zurück. Ich sollte dort in einem schäbigen Untergrund-Café etwas abholen, während er im Auto wartete. Fast wäre ich verloren gegangen, doch war er mir keine Hilfe, der sich nicht vorstellen konnte, wie man allein in fremden Netzen und Straßenmustern abhandenkommen kann, wie man sich überhaupt Begleitung wünschen konnte bloß um ihretwillen. Schließlich stieg ich mit einem Pappbecher, den eine kühne Plastikhaube krönte, wieder hoch. Ich trug damals einen bunten Rock mit noch schreienderem Oberteil, alles in roten Tönen, an Blut und Wein erinnernd, gehalten.

DIE ESSENZ DER BROMBEERE

Als ich mein erstes Auszehrungssignal bemerkte, war ich gerade auf dem Nachhauseweg. Paradoxerweise trat dieses Signal als Polster zutage. An meiner linken Hand hügelte es sich zwischen den Knochen an, die zu Daumen und Zeigefinger führten. Es schimmerte bläulich matt und war von der Nachgiebigkeit eines Nadelkissens. Ballte ich die Hand, kugelte es sich stärker, als hätte es etwas mit Kraft zu tun. An der anderen Hand machten sich erste Anzeichen breit, doch gelang es ihr nie, die Symmetrie herzustellen.

Ich hielt links und rechts Tragetaschen und war in schnellem, verkrampftem Lauf begriffen. Hätte mich einer angesprochen, wäre ich weitergestürmt, nur um möglichst bald bei mir anzulangen und die Taschen abstellen zu können.

Mein Körper brachte zu diesem Zeitpunkt 10 Kilo weniger als gewohnt auf die Waage, nachdem der Zeiger zuvor das Normalmaß um runde 5 Kilo überschritten hatte. Machten folglich, dazu braucht es keinen Riesen, 15 Kilo minus, resp. 10 unter dem Meeresspiegel; das konnte an meinem Handrücken nicht spurlos vorüberziehn.

Nach einem Geplauder in launiger Runde hastete ich im immergleichen Wintermäntelchen meiner Bleibe zu, so wie viele nur die Gesellschaft suchen, um nachher getrost für sich sein zu dürfen. Es war eine eisnadelkalte Nacht mit in sich gekehrtem Himmel, die meinen klammen, um die Griffe geklammerten Fingern die letzte Steifigkeit verlieh. Zum Glück war ich mit Tragetaschen aus Papier unterwegs, denen es im Unterschied zu ihren Plastikschwestern nicht gelang, der unterkühlten Haut Risse und blutige Sprünge zuzufügen.

Zu Hause angelangt, kochte ich mir als Erstes einen Tee, noch bevor ich in den um mich schlotternden Pyjama stieg, auf den sich die spärliche Körperwärme erst allmählich übertrug. An den Zustand, dass jedes Kleidungsstück mühelos über Hüften und Hintern ging, alles an Reißverschlüssen, Haken, Knöpfen und Ösen sich widerstandslos schließen und einrasten ließ, hatte ich mich mehr als nur gewöhnt, ich nahm ihn kaum noch wahr. Keine Kleideranprobe wartete mehr auf mit unverhofften Überraschungen, Garderobenspiegel führten mir keine starken Oberschenkel vor, selbst in den bienenkorbartigen Girlie-Shops zog ich den Vorhang lässig bis nachlässig zu, spinnige Teenie-Beine hätten meine heißen können. Den Händen allerdings war die neue Knochigkeit unvertraut und ich musste lernen, mit den vorstehenden Beckenhöckern nicht gegen Tischkanten, Türrahmen und Wände zu stoßen, reagierten die Knochen doch ohne ihr Polster ähnlich überzüchteten Mimosen.

Automatisch widmete ich mich der Abendhygiene, die ich stets penibel betrieb, und legte mich sorgfältig gewaschen nieder. Da keine Männerhände auf mich warteten, zwirbelte ich die Haare zum Zopf und ölte mein Gesicht, wie es die Fernsehwerbung erwachsenen weiblichen Personen vormachte.

Um diese Zeit schlief ich stets wie im Mutterleib, auf kleinstmöglichem Raum, mit einer Hand zwischen den Schenkeln, hart an der Scheide, um der Körperkerntemperatur so nahe wie möglich zu kommen. In besagtem Winter hatte ich mir bereits seit gut 2 Jahren große Zurückhaltung bei den Kalorien auferlegt und so mag es wenig erstaunen, dass die Körperheizung auf ein Minimum gedrosselt war. Zwar gewöhnt einer sich bescheidenes Essen langsamer an als das Gegenteil, doch führt Hartnäckigkeit auch hier zur Gewöhnung und damit zum Ziel. Vollkommen unproblematisch gestaltete sich die unterdurchschnittliche Stärke-Aufnahme bei meinen einsamen Mahlzeiten, bei denen ich keiner Zensur unterlag, lassen wir mich einmal beiseite. Selbst wenn ich spätabends noch oder erst meinen Teller richtete, zwang ich mich dazu, den Körper zuerst bettfertig zu rüsten, bevor ich mich hinsetzte und sparte dabei einzig die Prozedur des Zähneputzens aus, da die Abfolge des Verschmutzens und Putzens, von mir sehr mit leider bedacht, nun einmal nicht umkehrbar war.

Mir wäre es im Grunde das Liebste gewesen, mich gewaschen, gebürstet, geputzt und im Nachtkleid meinem spartanischen Exzess hinzugeben, um mich hinterher bloß noch zusammenzurollen wie ein Raubtier nach der Fütterung. Immer wieder stieß es mir sauer auf, dass man Körperhygiene nicht auf Vorrat betreiben konnte, sich die Haare z. B. für ein ganzes Jahr im Voraus zu waschen, um nachher möglichst lange nicht weiter damit behelligt zu werden. Weniges im Leben schien mir dergestalt undankbar wie das Pflegen von Körpern.

Häufig machte ich mir abends, sagen wir so um halb 10, einen Salat zurecht, da ich natürlich nach dem langgezogenen, niederkalorischen Tag viel zu unruhig und fahrig war, um noch mit Muße etwas zu kochen, oder, Horror, etwas ziehen, marinieren, ja, gar stehen zu lassen und was der Rezeptempfehlungen mehr sind. Dem Salat fügte ich als einzige Eiweißquelle einen Frischkäse hinzu, den ich stets als Allerletztes aufaß, in einem mir selbst auferlegten Ritual mit Flügelspannweite von Folter bis Belohnung.

Aß ich dagegen in der Gruppe, schien mein Teller immer häufiger die Blicke aller auf sich zu vereinigen und hätte einem Brennglas alle Ehre gemacht. Auch die Verweildauer einer Kartoffel oder einer Nudel auf meinem Teller wurde immer wieder gern kommentiert und erfreute sich als Gesprächsthema konstanter Beliebtheit. Wie ich mittendrin wenig Lust an den Tag legte, an solchem teilzunehmen, löste Befremden bis Verärgerung aus, und letztlich waren alle froh, war mein Teller endlich vom Tisch.

Schmeckt es nicht? Meinem Gehör bereits eine Standardfrage, parierte ich bockig mit einem doch, doch, dem ich einen unausgesprochenen, gleichwohl deutlichen Punkt hintansetzte, um jede Fortsetzung abzuwürgen. Ich war meist zu verdrossen, um die problemlose Verträglichkeit von Genuss und Langsamkeit ins Feld zu führen, deren einvernehmliches Nebeneinander, ja, mitunter schien mir gar, deren grundsätzliche Verknüpfung. Wie die Schweine, dachte ich: Nur wer in Windeseile einen sauber geleckten Teller vorlegt, hat damit die Güte des Essens unter Beweis gestellt.

Natürlich war selbst mir klar, Essen als Thema behauptete an sich eine Spitzenposition, die ihm allenfalls noch von der Debatte um die geheiligt-gehegte eigene Person streitig gemacht wurde; von bildungsfern bis bildungsnah beteiligte sich alles an solchem Gespräch, es schien mit Worten unausschöpfbar. Daran änderte meine Gestalt gerade in den magersten Monaten nichts, doch kam im Verlauf solcher mir selbstredend unangenehmen Unterhaltungen immer wieder wie auf Flügeln unsichtbar eine Botschaft an meinen Tellerrand geflogen: Dünne Leute stören den Genuss, wirken asketisch, disziplinversessen und dadurch anklagend. So saß und aß ich auf der Anklagebank, wurde gereizt oder langweilte mich, fühlte mich wie das kleine Kind, das ach so gerne vom Tisch aufstehen möchte, um sich wieder den wirklich wichtigen Dingen zu widmen. Was daran so fraglos der Rede wert sein sollte, wo mein Gegenüber sein drittbestes, zweitbestes und schließlich als unüberbietbaren biographischen Höhepunkt sein bestes Fondue genossen hatte, schien meinem Kopf wenig plausibel. Bestenfalls vermochte noch der Detailreichtum solch kulinarischer Reminiszenz mein Interesse zu wecken, deren üppige Wortgarnitur. Wurde solches Fonduegelage von einem Trupp seit Tagen nicht mehr nüchterner, sogenannt gestandener Männer, dazu noch in einem soignierten 4-Sterne-Plüschteppich-Etablissement, veranstaltet, bekam zumindest meine Fantasie ein paar Bilder vorgesetzt, an denen sie sich labte.

Am meisten, versteht sich, liebte ich die Gespräche, bei denen die allseits bekannten Folgen von Mangel- oder einseitiger Ernährung im Tone der Geringschätzung ausgebreitet wurden, meist wenn solche Ratgeber gerade dabei waren, sich den Teller ein drittes Mal zu füllen, sich ein weiteres Stückchen Torte zu gönnen. Tunlichst wurde dabei jeder Augenkontakt mit mir vermieden, meinte man ja auch niemanden direkt, sondern nur so im Allgemeinen, nicht wahr. Da ich mich nicht taub stellen konnte, stellte ich mich doof und saß die Belehrungen aus. Ich hätte eine Philippika gegen das Übergewicht samt Folgen halten können, doch war mein unterzuckertes Hirn nicht willens, mir mit glänzenden, niederschmetternden Reden auszuhelfen. Also sah ich von Verteidigung wie auch von Angriff ab, was auf beiden Seiten des Tisches ein Missbehagen zurückließ.

Mehrfach wurde ich Zeugin, wie mein stoischer Körper von frustrierten Wohlbeleibten missbraucht wurde, indem sie sich rückhaltlos gehen ließen und den Platten mit Fleisch und den Schüsseln mit Pommes und den Tuben mit Mayo hemmungslos zusprachen, dies immer mit einem trotzig-verklärten Gesichtsausdruck, denn dieses Mal brauchten sie sich nicht zu rechtfertigen oder gar zu entschuldigen fürs Über-die-Stränge-Schlagen, das ausgemergelte Gegenargument saß mit am Tisch, gerade noch am Leben. Ich hätte ihnen beflissen Auskunft darüber geben können, dass sie von der Gefahr, so aussehen zu müssen wie ich, im Schnitt zwischen 30 und 40 Kilos entfernt standen, doch entschied mein auf Ökonomie bedachtes Hirn, sich stattdessen an dem Schauspiel der Völlerei zu weiden und schaltete meine Augen ein, um abzulichten. Natürlich fiel es nie jemandem ein, sich bei mir als der Hebamme solch hochwillkommener Schleusenöffnung erkenntlich zu zeigen. Im Gegenteil, sie setzten das schlechte Gewissen unbeirrbar mir zur Seite.

Wurde von mir, obschon mit am Tisch sitzend, in der dritten Person gesprochen – in meinen Augen ein klares Entmündigungsverfahren –, geschah dies mitunter, um meiner scharfen Replik zu entgehen. Doch wenn ich mit anhören musste, dass sie, also ich, die über alles noch einmal mit dem Salzfass gehen musste, eben an Mineralienmangel leide, fühlte ich, also sie, sich dann doch versucht, eine Kleinigkeit klarzustellen, z. B. ob es sie überhaupt etwas angehe. Fing ich dagegen selbst an, mein Ich in eine Sie zu verpacken, in den herablassenden Kanon über dieselbe mit einzustimmen, blieb dabei allzu oft die Ironie auf der Strecke, so dass wiederum diese – rund um den Tisch mit Füßen Getretene – mir leid tat.

Weil ich sehr dünn und es dazu noch Winter war, kaufte ich mir hin und wieder etwas in der Quartierbäckerei, in der eine sehr muttrige Person Brot einwickelte und Käsekuchen einpackte. Irgendwie mochten wir uns, obschon ich so wenig ein Aushängeschild für ihren Laden wie sie einen Reiz für mein Gehirn abgab. Sie erzählte stets noch etwas aus ihrem Alltag, was mein Hirn fast augenblicklich wieder ausschied, als hätte es Durchfall. Ich hörte kaum hin, doch fühlte ich mich in der Atmosphäre geborgen und von dem Brotgeruch eingelullt. So blieb ich geduldig stehen und füllte meine Augen und überlegte mir, wem ich was schenken und was ich meiner Mutter mitbringen könnte, allerdings so gut wie immer unterließ. Ich schätzte die wohlbeleibte Bäckersfrau, die nie nach mir fragte und dadurch mehr Taktgefühl bewies als manche Fachfrau fürs Gespür. Manchmal gab sie mir eine Praline oder einen Keks mit auf den Weg, und tatsächlich, ich knabberte sogar daran herum, ohne je etwas aufzuessen, aber wer weiß, hätte man es mir mit einer auffordernden Geste überreicht oder gar einer verbalen Plumpheit der Güte: Dir würd's nicht schaden, ganz klar, ich hätte alles in den nächsten Straßenrand fallen lassen, als handle es sich um Hundedreck. Kaufte ich bei ihr ein Viertel Käsequiche – meine Ration für einen Tag –, sah ich dieses Dreieck während des restlichen Tages im Ofen verschwinden, warm werden und schließlich von mir dekoriert, gesalzen, gepfeffert und gewürzt werden, denn es gab rein gar nichts unter der Sonne, dem ich keine zusätzliche Würze verpasst hätte, was bei allfälligen Tischgenossen regelmäßig für Aufregung und Aufsehen sorgte, gerade als würde ich sie von meinem Teller füttern.

Genau zu dieser Zeit sah ich einen Anime, in dem ausgemergelte Halbwüchsige im ausgebombten Kobe die Hauptrolle spielten. Solange deren Körper, vor allem der der kleinen Mädchen, noch rebellierte, tat er es mit Durchfall, später, nach der Kapitulation saßen sie matt in Bahnhöfen und nickten selbst dann nicht mehr, wenn seltensterweise ein Geldstück in die hohle Hand fiel, die nurmehr aus Hautlappen zu bestehen schien. Die Knochen traten erstaunlich echt hervor und nicht einmal das bildfüllende Riesenoval der Augen vermochte die Menschenähnlichkeit abzumildern.

Wie Durchfall als Folge oder Begleiterscheinung von Unterernährung auftreten konnte, hatte ich schon längst an den eigenen Eingeweiden erfahren. Immer wieder saß ich, gerade nach alkoholischen Entgleisungen, mit hängendem Kopf auf der Schüssel und ließ das Wasser aus dem Loch, das dafür nicht bestimmt war. Mitunter stand ich auf und trottete Schrittchen davon, nur um gleich wieder umzukehren und mich erneut anal zu übergeben. Danach fühlte ich mich ein- oder zweimal zu kraftlos, um aus dem Haus zu gehen. Das ging mir entschieden gegen jedes Konzept. Doch da sollte ich mich Meister Körper fügen lernen und mich ein Weilchen in den Lehnstuhl setzen, nur um Bücher und Wände anzustarren, Arme und Hände welk im Schoss. Natürlich sah mir jeder solch vollständige Ermattung an und wurde ich gerne in harschem Ton darauf hingewiesen. Ein Skelett in die Arme zu nehmen, schien den meisten vollkommen absurd. Noch in solchem Zustand begab ich mich unter Freunde und Leute, ging einmal gar auf ein ländliches Sportfest mit Bierzelt und Sitzen auf der Wiese. Natürlich schimpften mich die rustikalen Kameradinnen aus, doch ließ ich die Schelte ohne großes Widerwort durch mich hindurch: Hatten die eine Ahnung, wie viel Energie allein Verteidigung verschlingt. Und meine Energie reichte allenfalls noch für ein ausgestrecktes Sitzen mit nach außen fallenden Schuhspitzen sowie für ein Halten und Heben der Bierflasche, deren blonder Saft mir etwas Sicherheit zurückgab, wenn auch keine stabile Position.

Selbstverständlich sah ich im Spiegel eine ausgedörrte Gestalt, stellte ich mich in meiner Hagerkeit davor. Kein Mensch sieht Fett, wo Knochen und Venen durch die Haut drücken. Solch komplett verrückten Krankheitsbildern verweigerte ich die Anwendung auf mich. Sie argumentierten psychologisch, wogegen anzukämpfen vergleichbar sinnlos war wie gegen koreanische Ping-Pong-Meister. Alle Symptome, sie mochten noch so atypisch sein, wurden unter die einschlägige Diagnose gezwängt und mit Sturheit, Renitenz oder Uneinsichtigkeit betitelt. Wenn ich trotz meiner Magersucht, so die Kenner, uneingeschränkt gesellig war und alle Kontakte pflegte, was jedem Symptomenkatalog zuwiderlief, krankte ich eben an einer Spezialform. Lieber weiche man die Diagnose bis zur Unkenntlichkeit auf, statt sie für unhaltbar zu erklären. Ob ich mich typisch oder atypisch gebärdete, es tat nichts zur Sache, mein Fall war klar. Welche Narrenfreiheit!

Allein das Wort Magersucht brachte meine Denkzellen in Rage, ich hielt es für ein klares Süß-Sauer, ein Wort, das sich selbst zum Verschwinden brachte. Woraus bitte speiste sich eine Sucht nach einem Vakuum? Keine andere mir bekannte Sprache hätte sich entblödet, den neutralen Terminus der Anorexie, der zufolge es einem den Appetit verschlagen hat, derart zu verhunzen. Also, ich war bei meinem Spiegelbild, in dem ich gemäß Krankheitsbild jedes Mal proliferierende Fettmassive erblickte, anstatt Knochen und Sehnen und Höhlen. Und deshalb, ganz klar, mussten von diesem Fettgebirge noch weitere Kilos runterpurzeln. Nichts für ungut, selbst psychologischen Herleitungen täte etwas Hirnschmalz gut. Ich jedenfalls fand mein Spiegelbild faszinierend. Beinahe täglich zeichnete sich Neues ab. So schien ich unter der Haut, vor allem im Gesicht, metallen zu schimmern. Dies erschreckte mich mitunter ein wenig, gerade bei unvorbereitetem Blick in die Scheibe, doch schrieb ich es dem fehlenden Baufett zu, dessen Schicht nun offenbar abgetragen war.

Gerade auf den Verdacht der Beschönigung hin will ich doch festhalten, dass selbst Spiegel es mit der Objektivität nicht allzu genau nehmen. Ich hatte ausgesprochen meinen Lieblingsspiegel, der mir unverbrüchlich schmeichelte und meiner Haut stets einen Hauch von Fond de Teint verlieh, mochte sie vor andern noch so aschengrau erscheinen. Mit viel Zureden gelang es mir mitunter, mein altes Gesicht mir davor einzubilden. Die Masse der Spiegel machten die angeblich neutralen aus, die angesichts meiner Indifferenz mimten. Mein Hassspiegel schließlich befand sich in einem öffentlichen Klo, das ich regelmäßig einmal die Woche frequentierte. Weiße Wandkacheln und hellweißes Kunstlicht ließen keine Ausflüchte zu, das Glas warf mir eine Greisin ins Gesicht zurück, mit der Augenkontakt zu halten ich mir auferlegte.

Die Kopfhaare machten sich rar und es bildeten sich, hauptsächlich stirnseitig, bemerkbare Lichtungen. Die nachwachsenden

Härchen starben meist schon im Kindesalter, mitgerissen von Kamm wie Bürste. Interessanterweise wuchs mir dagegen im Gesicht, gerade als wolle mir der Körper ein Gegenangebot machen, ein länglicher Flaum, der kurzfristig gar mein Dekolletee besiedelte. Mir schien mein Körper etwas durcheinander in seinem Bemühen, sich ein Fell zuzulegen.

Die Balken hinter den Brauen traten so stark hervor, dass sie mein Gesicht dominierten, es gar eulenhaft wirken ließen. Selbst im Schattenriss hatte dieses Antlitz sich verändert, der nun eckig und spitz erschien, so wie sich Kindern die verschlagene Hexe oder Stiefmutter-Königin einprägt. Zwischen Nase und Mund arbeitete sich einseitig eine starke Falte in Bogenform heraus, die mir je länger, je mehr als Erstes aus dem Spiegel in die Augen sprang. Lief ich auf einen Spiegel zu, fokussierte sie meinen Blick wie ein Spinnenbein. Dank ihrer Halbseitigkeit verschaffte sie mir einen Hauch von Schlagseite, doch bekam ich es nicht mit der Angst zu tun. Ich war mir sicher, ich würde auch diese wieder unterfüttern, aufpolstern und dadurch zum Verschwinden bringen. Zumindest was Runzeln betrifft, darf Fett wohl als das Anti-Ageing-Mittel schlechthin bezeichnet werden.

Meine Brüste sahen eines hellen Morgens drein, als hätte man ihnen ein Implantat entfernt. Zwar waren die Kissenhüllen noch vorhanden, doch hatte sich schräg oberhalb der Warzen eine Art Trichter gebildet wie hohle Wangen im Gesicht oder Krater im Erdmantel. Die restliche Brust legte sich zu einer Hautfalte zusammen, die von der Warze abgestützt wurde. Unweigerlich drängte sich mir die Afrikanerin ins Bild, die noch mit solchen Tütchen ihre Brut zu säugen sich bemüht. Einen BH hätte ich mir längst sparen können, doch hielt ich zäh an meinen Gewohnheiten fest.

Außerordentlich lange dauerte es, bis die Auswüchse des Abbaus am Skelett zu offenbar wurden, um noch als Sinnestäuschung oder Vorspiegelung durchgehen zu können. An allen Enden wurden die weichen Fortsetzungen der harten Substanz immer hervorstechender: Fingernägel, Zehennägel und Zähne traten aus ihrem Fleischbett hervor, wurden länger, ungeschützter und empfindlicher. Es schien, als ob mein Organismus, der den Kalziumausstoß schon längst rationiert hatte, nun auf die letzten Reserven zurückgreifen sollte und unter Tage ins Bergwerk der Knochen und Zähne ging. Die eingehenden Knochen zerrten an den Sehnenseilen: Nagelbetten und Zahnfleisch zogen sich zurück.

Zu diesen wandelhaften Phänomenen, die an meinem Körper zutage traten, in den Monaten, in denen mein Gewicht zwischen 19 und 20 minus hin und her schlenkerte, besaß ich eine quasi natürliche Distanz. Ich betrachtete sie, als wären sie einem anderen Körper zugehörig, an meinem hielt ich sie für zu flüchtig, um darauf eingehen zu können.

Ein weiteres Novum, das meinem so dünnen wie durchsichtigen Körper im Laufe der Zeit zur Gewohnheit gerann, war dessen generelle Unerwärmbarkeit. Setzte ich mich mit dem Gesicht zum Glas vor eine von der potenzstrotzenden Mittagssonne aufgeheizte Fenster-Scheibe, fröstelte es mich gleichwohl weiter im Rücken. Je mehr die Vorderplatte durch energischen Licht- und Wärmeeinsatz aufgeheizt wurde, desto mehr Schauder liefen mir hinten über Rücken und Wirbelsäule, so dass ich mich immer ein bisschen drehte und wendete wie ein Hühnchen über dem Grill. In Restaurants und neuen Gebäuden folgte ich der Fährte, die zum Heizkörper führte und versuchte mit ihm warm zu werden. Höchst selten war ein solcher auf maximale Leistung getrimmt, d. h. ein direkter Kontakt mit ihm nur für Sekunden zu ertragen. Dann näherte ich mich stets von Neuem, schob Pullover und Synthetisches unter die Finger, um die Wärme mittelbar zu spüren, presste danach die hitzigen Textilien gegen Statuenwangen.

Die Monatsblutung versiegte ganz allmählich im Zuge der rigorosen Einsparungen des Organismus. Die kümmerlichen Hormonreste vertrockneten und blätterten ab. Eileiter und Gebärmutter rollten sich daraufhin zusammen und legten sich schlafen. Auch die anlässlich einer Routineuntersuchung verordneten Hormone vermochten nicht, sie aus dem Schlummer zu holen. In der Folge ließ ich den ganzen Frauenapparat auf sich beruhen und vertraute

auf die Rückkehr der Pfunde. Parallel dazu stießen meine Blut-
werte in nie gekannte Höhen vor und blühte das Hämoglobin
auf wie in einer Kalbsleber. Für mich stand fest: Frühere Frauen
konnten nicht anämisch werden, da sie immerdar schwanger
wurden. Für die heutige Frau dagegen, mit gerade mal einem
Wurf pro Karriere, sah ich rot.

Ebenso leichtgewichtig wie mein Körper war zu jener Zeit mein
Schlaf. Ich versank nicht mehr wie gewohnt in Schlummer nach
zwei Seiten ausgesuchter Lektüre: Nur noch das Buch aus dem
Bett befördern und Licht löschen und in Schlaf fallen, in der
ersten halbwegs bequemen Position, die ich meinen Muskeln ge-
währte. So war es mir vertraut in allen, selbst zweisamen, Lebens-
lagen. Nun las ich Seite um Seite und versagte mir jedwedes Buch
seinen Dienst als Einschlafhilfe, ja, musste ich mich über Gebühr
mit der Literatur herumschlagen, die mir doch das Wichtigste
in meinem Dasein zu sein hatte, gemäß Selbsteinbläuung. Auch
der nach wie vor bei Gelegenheit genossene Wein entzog mir
die übliche Wirkung mit Hammer-Effekt und Trans-Rapid des
Bewusstseins-Stroms in schwankendes Traumland. Am frühsten
Morgen weckten mich kleinste Geräusche, sei es ein Ticken innerhalb, sei es eine gemeine Frauenstimme außerhalb der Wohnung,
die mich durch Terrassen und Türen und Fenster aufschreckte
wie eine Ertappte. Dennoch beschloss ich, mich aus keinem gewohnten Rhythmus werfen zu lassen und stellte mich über Stunden
schlafend. Stets hoffend, ein blumiger Traum nähme mich an die
Hand. Doch streikten beharrlich auch diese, mein Gehirn als
Produzent und Lieferant hatte wenig mehr im Angebot und erklärte sich außer Stande, zuckrigklebrige Träume zu schmieden
wie zu unterhalten.

Selbst nach mehrstündigem Umbetten meines Körpers von der
besten Position in die, die mich doch endlich in Schlaf versetzen
müsse, wäre ich nie darauf verfallen, mir ein Schlafmittel zu ver-
ordnen. Auch hätte meine Hausapotheke nichts Entsprechendes
hergegeben, deren Inhalt sich in Pflastern und einer Salbe gegen
Hornhaut erschöpfte. Nein, meinem Körper wollte ich nicht

ins Handwerk pfuschen, der selbständig über das ihm gemäße Quantum an Schlaf verfügen sollte. Natürlich machten es uns, d. h. mir und meinem Körper, die Murmeltiere und sonstige Winterschläfer vor, wie, nur mit ausreichend Fettpolstern versehen, an ordentliche Ruhephasen zu denken war. So war mir folgerichtig ein narkotisierter Schlaf beschieden nach einem leckerfetten Risotto, der bereits in die Zeit nach der Umkehr fiel. Nach langem ein Schlaf, als hätte es mich aufs Bett gefällt.

Weitaus mehr als nach meinem früheren Körper oder nach meinem sinnlichen Gesicht sehnte ich mich nach meinem schönen Gehirn zurück, das doch immer alle anderen dabei ertappt hatte, wie sie sich zum zigsten Mal wiederholten, ohne dass auch nur ein Lichtblitz davon ihr Bewusstsein gestreift hätte. Das mich zuverlässig und akribisch zurückzuversetzen wusste just in die Situation, in die mir soeben Gehörtes bereits früher zu Ohren gekommen war. Jetzt schlingerte ich selbst herum in den Wortschwällen meiner eigenen Redseligkeit, wusste nicht länger, ob und welche Version der Geschichte A ich bei wem deponiert hatte, denn nur äußerst selten lieferte ich von ein und derselben Geschichte identische Versionen aus, vielmehr passte ich sie dem Gegenüber resp. meinem Verhältnis zu diesem an. Dass mir einzelne Wörter fehlten, über die ich doch gerade noch verfügt hatte, geriet zum alltäglichen Ärgernis. Von auf der Zunge liegen konnte bei aller Beschönigung kaum die Rede sein, vielmehr hatte sich alles an den äußersten Schädelrand zurückgezogen und ließ sich durch Erinnern nur widerspenstig, trotzköpfig hervorlocken.

Auf der Sprachebene hängten sich Wörter zusammen wie Kletten, verkletteten sich gewissermaßen, mir ebenso lästig wie unvermeidlich, so fing beispielsweise die Zeit an abzurinnen, nachdem verrinnen und ablaufen sich eigenmächtig nähergekommen waren; genau gleich trieben es Feierabend und Freizeit und bescherten mir die Feierzeit. Mein sich anarchisch gebärdendes Sprachvermögen liebte auch die Silbenumkehrung: june und Byba entschlüpften meinen Lippen, dabei fühlte ich mich wie Letzteres während der Entdeckung von Sprache. Welchen Wörtern Hinbrunst oder geschwunken ihr Entstehen verdankten, mag mühelos zu kombinieren sein. Das Beängstigende und mir bedrohlich Wesensfremde aber an diesen – unter anderen Umständen meinetwegen auch witzigen – Kapriolen war, dass mein Ich nicht mehr am Steuer der Sprachzentrale saß, nicht mehr den Steuerknüppel fest im Griff hielt, vielmehr sich ein ums andere Mal übertölpeln ließ, ja die eigenen Sprachkaprizen bestaunte wie ein Welpe die Welt.

Mehrfach vergaß ich in Sekundenschnelle, etwa wenn ich Fremdsprachigen ein neues Wort an die Tafel schreiben sollte. Die Sekunde, in der ich mir die Kreide griff und die 2 Meter zwischen mir und Tafel zurücklegte, genügten, um auf meiner inneren Tafel gleich wieder zu löschen, was sich ehemals dort untilgbar einzuprägen wusste. Natürlich stand ich in solcher Situation verloren und gewissermaßen betreten vor der schwarzen Wand, doch wand ich mich aus der Verlegenheit, indem ich kurzerhand zu Neuem übersprang. Wäre ich bei Muttersprachigen glatt durchgeflogen, überflog selbst die Fremden leichtes Befremden, so dass ihnen wie mir nur die Höflichkeit über manchen Stolperstein hinweghalf.

Mitunter fehlten mir in fremden Sprachen die gängigsten Wörter. Dann stoppte ich meist und suchte nicht nach einem Ersatz, da mir das Original einfach wieder einfallen müsse. Meist waren die Gegenüber geübt im Überspielen solcher Leerräume und übernahmen routiniert die Gesprächsleitung. Als mir auf Französisch mitten im Satz das Wort für Reisen abhandenkam, leuchteten sämtliche Alarmlichter rot und war unter den Neuronen der Teufel los. Schlug ich im Lexikon ein Wort nach, musste ich mich aufrichtig konzentrieren, um es nicht über dem Blättern im Buchfächer zu verlieren. Entglitt es mir bei M, hatte ich immer noch die Hälfte des Alphabets zur Auswahl, eine Denksportaufgabe, vor der ich fatalistisch, beinahe schon mit Galgenhumor, kapitulierte. Dass ich über dem Suchen nicht bloß das Objekt der Suche vergaß, sondern wohl ebenso häufig zu suchen selbst, gedieh in der täglichen Wiederholung zum Klassiker meiner geistigen Auflösung. Da sah ich vor dem Spiegel die rosa gefärbte Augenhaut und drehte mich um, um die Tropfen zu holen. Suchte in mehreren Taschen und vergaß darüber das Wonach. Erst als mein Blick beim Vorüberstreifen erneut in das Glas fiel, gelang meinem Hirn die Brücke. So ging es mir mit vielem; es schlängelte sich der Faden allein für eine Sekunde aus dem Gesichtsfeld: Weg war er. Dergestalt fand ich mich wieder unter Büchern, Tuben, Dosen, warf erst einen Blick in den Toilettenschrank und dann auf mich.

Auf allseitigen Druck verschaffte ich mir eine Konsultation bei meiner Lieblingsärztin, einer Spezialistin in Hypochondrie. Meist lautete ihr Urteil auf Einbildung, sie sprach es jedoch gänzlich frei von unwirschen Kommentaren und Scheltworten. Für sie war es vollkommen normal, um nicht zu sagen physiologisch, dass die Leute primär kamen, um beschwichtigt und beruhigt zu werden und dabei hatte ihr die Diagnose der Einbildung die besten Dienste erwiesen. So führte sie den größten Teil ihres Kundenstamms als plötzlich genesen aus dem Behandlungsraum, die beiderseitige Zufriedenheit – das gute Resultat übertrug sich sogleich auf die Stimmung des Leidenden – schwappte ihnen voraus bis ins Wartezimmer. Kamen einmal andere Diagnosen zum Einsatz, wurde es ernst und jeder hätte sich gewünscht, seinen Besuch doch noch ein wenig hinausgezögert zu haben. Zu ihrem Äußeren fällt mir einzig das unentscheidbare Weißblond ihres Haupthaars ein, ein Farbengemisch, das mir ebenso patent wie praktisch erschien, denn was man immer schon war, konnte man nicht werden: weiß. In ihrer Art und Weise strahlte sie zugleich etwas Reserviertes und Teilnehmendes aus. Kurzum: Ich saß ihr gegenüber und fühlte mich wohl.

Meiner ansichtig fragte sie mich mit professionellem Interesse, was mich denn zu ihr herführe. Folglich hätte ich da immer noch eine Warze als Grund angeben können oder Frigidität. Ich wies sie dann doch, um dem Sprechzimmerritual Genüge zu tun, auf meinen klapprigen Körper hin, den sie so neutral betrachtete wie ein müder Kulturtourist ein weiteres Porträt der Künstler-Gattin. Etwas einfallslos – so fand ich – bat sie mich alsdann, mich auf die

Waage zu stellen, nur um sicherzugehen, sozusagen, sonst könnte ja jeder daherkommen und behaupten, er sei untergewichtig. Erst mal schauen, was der Zeiger meint. Prunkstück der Praxis war eine speziell für Übergewichtige präparierte Standwaage, die zuverlässig ein rundes Kilöchen mehr präsentierte als eine regulär geeichte, vertrauend auf den heilsamen Effekt des kleinen Schocks. Bei mir machten es zusammen mit dem Wasser im Bauch satte drei Kilos mehr aus als morgens im Bad, so dass sich der vermaledeite BMI bei leichtem Untergewicht einpendelte, wie sie schließlich umständlich mit ihrer Schiebetabelle errechnete, bei deren Handhabung sie keineswegs den Eindruck von Souveränität erweckte. Auf jeden Fall konnten weder sie noch ich etwas wirklich Gravierendes an dem Befund finden und klasse im Abwiegeln waren wir schließlich beide. Selbst meine gehäuften Infekte mochte sie nicht als Alarmsignale deuten, immerhin bescherten sie mir jedes Mal tüchtig Antikörper und so würde ich stets noch besser gewappnet den Zukunftsviren trotzen können.

Dennoch – denn schließlich stand ich im Behandlungsraum und ein bisschen den Punkten nach jagte auch sie – ordnete sie einen Rundum-Check an mit Überprüfung von Lunge, Herz und den gängigen Säften. Ich versagte einzig beim Lungentest, da fehlte mir einfach der Nachdruck, sie jedoch schob dies auf die Praxis-Nullen, denen die korrekte Handhabung schlicht über den tumben Kopf wachse. Es war gut, vertrauten wir da beim EKG auf eine Maschine, das unanfechtbare Resultat war denn auch in seiner Gleichmäßigkeit und Unaufgeregtheit so glänzend, dass meine Spezialistin mich zufrieden zum schulmedizinischen Vorbild erkor. Die Laborwerte wetteiferten miteinander um Durchschnittlichkeit und Unauffälligkeit, so dass ihr nichts weiter übrig blieb, als mich frohgemut hinauszugeleiten unter dem von ihr wohl eher rar verteilten Tipp, mir getrost hin und wieder ein Stück Schwarzwäldertorte auf den Teller zu legen. Dies ließ die Blicke der Fettbäuchigen im Wartezimmer stöhnend an mir auf und ab fahren und mir verschaffte es ein temporäres Hoch, auch wenn es mich ärgerte, wieder einmal wegen nichts die Krankenkassen bemüht und meine Zeit mit der Medizin verplempert zu haben.

Mein ausdauerndes Vergehen ließe sich folgendermaßen ver-knappen: Zwei Jahre über baute ich ab, dann, vollständig aus-gehöhlt, ließ ich die Stagnation zwei, drei Monatchen gewähren – ich fühlte mich gar nicht so unwohl in der Talsenke und schmiss den Alltag wie gewohnt – und legte dann, ausdauernd und lang-mütig, wieder zu. Meine Wenigkeit war in den Eingeweiden stets von der Regulation überzeugt, die eigenhändig das Zepter übernehmen würde, hatten sich in mir die Widerstände gelegt, die Knoten gelöst.

Mehrfach stieß mein physisches Verschwinden, mein aus-gemergeltes Bild auf unverhohlene Feindseligkeit. Ich eckte an. Mir schien es doch bemerkenswert, wie auf der anderen Seite Fett-leibige kaum je im Stande scheinen, bei ihren Betrachtern – aus-genommen denen vor dem Spiegel – Aggressionen hervorzurufen, Aversionen zu kultivieren. Manche nahmen mich auch, analog zur schwindenden Körpermasse, als urteilendes und denkendes Wesen kaum noch ernst, gerade so als handle es sich beim Hirn um einen Fettklumpen, der gleich als Erstes wegschmilzt.

Lichtblickend kam es daneben zu unverkrampften Reaktionen, ohne dass dabei die Sorge ausgespart geblieben wäre. So handelte ein Freund mit mir aus, im gleichen Maß abzunehmen, wie ich zunehmen würde. Bei unseren sporadischen Treffen sollten wir uns daraufhin überprüfen. Nachdem beide Seiten sich über Monate nicht an das Abkommen gehalten hatten, was jedes Mal besprochen und dann aufs Neue vereinbart wurde, bevor wir zum Essen übergingen, was mir mit ihm zusammen weniger schwer-fiel als mit sonstigen, da wir nicht über das, sondern über dem Essen sprachen, bis es weggeräumt wurde und noch lange danach; nach dem also begann ich meinen Teil der Vereinbarung einzu-halten und hielt selbst nicht inne, als der Partner auf der anderen Seite seiner Leibesfülle nicht beizukommen wusste. All das ver-mochte unsere Freundschaft nicht zu schmälern, deren Treffen sich in der Jahres-Agenda wie Farbtupfen ausnahmen. Auch von anderen Seiten wurden mir tausende von Pfunden angeboten, im Tausch gegen kiloweise nichts. Ein Handel mit Pfunden wie an der Börse.

Am leichtesten noch wussten mich Kinder zu nehmen, die so ungerührt wie unberührt in einem fort weiteraßen, ungeachtet oder trotz meiner Schmächtigkeit. Auch kamen diese praktisch nie auf die Idee, mich zum Essen aufzufordern oder mir etwas von dem ihren anzubieten. Ihr Kosmos war so rund und vollkommen wie der gefüllte Teller, der vor ihnen stand. Fiel einmal der Blick aus kugelrunden Augen über den Tisch auf mich, las ich darin manches über Glück und Spielwiesenseligkeit.

Einer dieser allzeit gefräßigen, immer diesen von mir gemiedenen Ich-habe-Hunger-Satz auf den Lippen tragenden, die unausschöpfbare Energie stets von neuem wieder auftankenden, permanent Brot, Schokolade oder Wurst in sich hineinmampfenden, kleinen, ansonsten im allgemeinen ja recht süßen Rot-, Blond- oder Braunschöpfe, stellte einmal in aller Sachlichkeit angesichts des vor mir stehenden Tellers fest, dass Salat doch nicht satt mache, als wäre damit alles zum Thema gesagt. Mich wiederum entwaffnete eine derart abschließend vorgetragene Äußerung vollständig, so dass ich nur Ausflüchtiges zu grummeln wusste und mich fühlte wie weiland der Kaiser in seinen neuen Kleidern.

Kenner werden wohl vermuten, dass ich meinen Tag penibelst strukturierte, ausfüllte und erfüllte, um ja nicht mit einer freien Minute vor mir und den anderen dazustehen. Auch die Freizeit wurde solcher Unterteilung unterzogen: Gespräche und Kinobesuche füllten Abende und das kalorienfrei. Im Schnitt eine Dreiviertelstunde täglich beanspruchte allein das Einkaufen für sich, nie hätte ich für zwei Tage gleichzeitig eingekauft; brauchte ich doch Alltagsrituale nicht zu rationalisieren, ich verfügte über alle Zeit einer Fastenden. Grundsätzlich aß ich jeden Tag alles auf, was ich für mich besorgt hatte. Ich liebte es, mir überblickbare Vorräte zu halten, die so rasant dahinschmolzen wie eine Schneekugel auf dem Küchentisch. Der Kühlschrank war für gewöhnlich so ausgelastet wie ein Durchschnittshirn, also weit unter 10 Prozent. Mein täglicher Einkaufskorb beinhaltete kaltes Gemüse, das ich so nannte, weil man es nicht zu kochen brauchte, also Gurken, Tomaten oder Paprika, von allem je ein Stück, Tomaten

gar im Plural, ein Stück Tofu resp. Mozzarella, dazu folgende
Würzmittel, die ich umgehend ersetzte, neigten sie sich dem Ende
zu: Kapern, saure Gurken, Sojasauce. Dann kaufte ich alle paar
Tage einen halben Liter Trinkmilch für den Morgenkaffee und
hin und wieder ein Glas Honig vom mittleren Preissegment, um
nicht ganz aus dem Leim zu gehen, wie es so plastisch heißt. Brot
hatte ich mir irgendwann abgewöhnt, so wie man ein Medika-
ment ausschleichen lässt. Auch eher sporadisch suchte ich mir ein
Joghurt aus, wobei die Sortenvielfalt mich annähernd verzweifeln
ließ. Ich weilte dann regungslos vor dem Kühlregal und unterzog
jedes einzelne Bildchen auf den Aluminiumdeckeln eingehender
Prüfung. Solcher Unentschlossenheit begegnete das Verkaufs-
personal mit offener Aversion. Eine Verkäuferin weigerte sich
gar, weiter Halb- und Sauer- und Doppelrahm aufzufüllen, geriet mein schweifender Blick unter ihren Radar. Sogleich über-
ließ sie den Rest der Palette dem Lehrling und suchte das Weite.
Mehr als einmal führte ich bloß meine Augen durch die Fülle der
Lebensmittel spazieren, ließ sie überall ein bisschen weiden und
schlich mich dann an der Kasse vorbei nach draußen, schuldigst
ein „Ich habe nichts" murmelnd, worauf keine der Kassentanten
je reagiert hätte.

Als Körper, Nerven und Hirnsubstanz ultimativ, will heißen
mit aller verfügbaren Rest-Macht, nach genau einem verlangten,
und zwar nach Stärke, da kaufte ich mir wie eine Marionette an
Fäden, um- und angetrieben von etwas, das mit Hunger auch nicht
mehr das Geringste gemein hatte, viel eher aus einem Leck bestand, das mich ausmachte, an einer Fertigfuttertheke ein Nudel-
pilzgericht, angerichtet in einem weißen Plastiksuppenteller, ab-
gedeckt mit transparenter Plastikhaube, die ihrerseits beschlagen
war von Dampf und Saucenfeuchtigkeit. Es war ein zwingender
Entschluss, ohne Gedanken an Aufschub, zu dem besagtes Loch
mich trieb, ansonsten hätte ich mir etwas derart unappetitlich Aus-
sehendes weder gekauft noch ausgesucht. Die Farbe der Nudeln
sowohl wie der Pilze schillerte ins Madenbeige, alles wirkte ver-
blasst und die angetrocknete Sauce liess mich an pulverisierte, wäss-
rig aufgelöste Würmer denken. Ich lehnte ein erneutes Wärmen

des Klumpens ab und trug das Ganze, sauber in einer Tüte versteckt, dennoch schamhaft, in mein Nest. Dort, denken nun alle, machte ich mich darüber her oder schlang es in mich hinein oder was der Phrasen mehr sind, aber in Wahrheit führte ich die vierzinkige Plastikgabel nur einmal zum Mund, um zu wissen, was mir doch die längste Zeit über hätte klar sein müssen, dass nämlich ohne ein nachträgliches, reichliches Überstreuen mit Aromat oder purem Salz, ich weder etwas genießen noch schlingen, ja, noch nicht einmal würde hinunterwürgen können. Perverserweise froh über den Aufschub, der neben der Aussicht auf Sättigung ja auch die Folter verlängerte, eilte ich noch einmal in den Supermarkt für Salz und irrte ein weiteres Mal durch die Regale und stellte mich hinten an und eilte zurück über die Straße und die Treppen hoch und dann.

Als Allererstes fing ich im Kopf wieder an, seit langem Un- und Abgewöhntes zu schlemmen, ein Vanille-Eis, wie es das nur hier gab, mit einem hautdünnen, splittrigen Schokoüberzug, viel mehr nach Sahne und Milch als nach Vanille schmeckend, ein Dessert aus geeister, gezuckerter Milch, vollkommen rein; immer wieder ließ ich die Zunge darüberlecken, ganz sachte und in Mikrodosen, um nichts zu verderben. Herzhafter biss ich da schon in das mir zurecht gelegte und belegte Käsebrot, bei dem Tomatenscheiben und ein frisches Salatblatt auf keinen Fall fehlen durften, ja, im Grunde das Bild beherrschten, wenigstens den Käse und die Butter überdeckten, die nur meine eingebildeten Mundwerkzeuge, blendende Zähne und appetitliche Zunge, zu spüren bekamen. Nie malte ich mir aus, wie es wäre, mich durch ein reichhaltiges fünfgängiges Menu zu kämpfen. Solche Vorstellung lockte meinen Gaumen nie. Ich wollte immer schon nur eines auf dem Teller.

Ein erstes Mal wieder richtig zu Tisch setzte ich mich noch in der ganz schmalen Zeit, nach einer autoritär vorgebrachten Gardinenpredigt, bei der mir jedes Widerwort mit scharfer Schere und Zunge abgeschnitten wurde. Dabei wurde ich harsch aufgefordert, Fleisch und Schokolade in rauen Mengen zu vertilgen, bis man mich wieder anschauen könne. Ich sei viel zu dünn und er, der Levitenleser, habe mich noch nie so gesehen. Ich spürte, irgendwo in seinem Weltbild hatte ich einen festen Platz und mich demgemäß zu verhalten, denn wie seine individuelle Weltscheibe auszusehen hatte, stand für ihn zu 100 Prozent fest. Am selben Abend stellte ich mich folglich fügsam an den Herd und garte mir Reis, den ich plump und kunstlos am Ende mit einer Packung Gorgonzola mischte, auf dass keiner mir fettarme Kost vorwerfe. Diese klumpige Masse klatschte ich, nachdem Käse und Reis sich unauflöslich synthetisiert hatten, in einen Suppenteller, da ich Teller mit flachen Rändern noch nie ausstehen konnte, noch nicht einmal für ein Stück Brot mit Käse. Sah man sich doch bei Flachrandtellern gezwungen, so diszipliniert feinsäuberlich zu essen, als wäre man leibhaftig dem Knigge entsprungen. Nun, einen leicht schleimigen, gräulichen Stich hatte der Reis-Käse-Matsch schon, doch beschloss ich, erst einmal mit dem Mund und dem Magen zu essen und die Augen daneben in einem offenen Buch schweifen zu lassen. Ich nahm mir heroisch vor, den ganzen tiefen Teller auszulöffeln und zog es durch bis zum letzten, längst kalten, schmierigen Korn. Dann stellte ich Löffel und Teller in den Ausguss und manövrierte mich in den Lehnstuhl, wo ich mit hochgelagerten Beinen eine geschlagene Zeit verbrachte. Keineswegs Übelkeit, nein, akute Kurzatmigkeit zwangen mich dazu. Es schien, als hätten meine Lungenflügel sich neben dem geschrumpften Magen bequem ausgedehnt und sich an eine komfortable Atmung gewöhnt, ohne Widerstände und Ansprüche anderer Organe. Nun aber hatte ich mein Mägelchen vermittels besagter Pampe aus Stärke und Fett aufgepumpt und mein Respirationsorgan geriet in Bedrängnis. Am besten, so fand ich geschwind heraus, war noch die halb sitzende, halb liegende Position, in der ich japsend und schnappend verblieb, den Blick auf Bücherregale oder gewölbten Oberbauch geheftet, bis die Verdauung einsetzte. Tags darauf, bei der morgendlichen Wiegerei, war der Zeiger mit einem Hüpfer um 2 Kilos nach oben geschnellt. Mein Bauch ähnelte in Härte und Form einer Abrissbirne. Ich dachte, das reicht nun wieder für ein Weilchen und fand mich vorerst nicht in den Vielfraß-Rhythmus. Die Steinbeule von Bauch konnte ich schlecht verstecken, doch war ich musternden Blicken unentwegt ausgesetzt und dagegen erstklassig isoliert.

Als Erstes, im richtigen Film, brach im späten Frühling der Damm bei den Früchten. Von Landleuten dazu eingeladen, mir die Erdbeeren selbst zu pflücken, da sie alle doch nicht alleine essen könnten, kniete ich mich nieder und fuhrwerkte mit fahrigen Händen zwischen den Blättern, die verdeckten, was in meinen Mund gehörte. Bereits nach den ersten zwei, drei Beeren war ich ihnen so verfallen, dass die Kunststoffschale, in der ich die Beeren für irgendeinen fiktiven Nachtisch sammeln sollte, mir zum störenden, sperrigen Requisit wurde, dem ich jede Beere missgönnte, die ich mir vom Mund absparte, bloß um meine gröbste Gier fadenscheinig zu bemänteln.

Pflückte ich zu Beginn noch stümperhaft alles, was irgend rötlich schimmerte, so verfeinerten sich die Selektionskriterien mit jedem neuen Erdbeertag und meine Finger wurden flink und behutsam wie die eines Melkers. Mit der Zeit merkte ich, dass nur solche Beeren den maximalen Genuss versprachen, die mir quasi wie von selbst in die Hand fielen, an denen ich nur ganz leicht zu zupfen hatte, schon lösten sie sich und gaben nach. Was nicht gerne und willig kommt, dachte ich mir, ist eben nicht reif. Vielleicht auch wäre die ganze Gebärerei kein so mühseliges Unterfangen, ließe man die Früchtchen so lange reifen, bis sie auf den geringsten Druck herausflutschten.

Auf Farbe und Form hingegen konnte man überhaupt nicht gehen. Die schönsten Diven, rotlackiert und prächtig gekurvt, enttäuschten Zunge, Lippen, Gaumen, hatten alles drangegeben für den Glamour, blieb ihnen nichts mehr für innere Werte wie Süße und Aroma.

Mein Hirn hatte vorübergehend ausgesetzt, ich fungierte als Erdbeer-Pflück-Verspeis-Maschine, ja, hätte womöglich getötet dafür, doch lag niemandem so viel an den kleinen Dingern, um sie mir streitig zu machen. Mit den Schnecken – der einzigen, jedoch beharrlichen Konkurrenz – mich anzulegen, schien mir selbst absurd. Schließlich gewannen sie immer, ihnen gehörte die Zeit der Welt.

Nach solchem Pflück-Exzess war mein Bauch hart und unelastisch wie ein gespanntes Paukensegel. Eher langsam, als bliebe sie noch skeptisch und wolle vorerst abwarten, setzte sich die Verdauung in Bewegung. Ich verzieh ihr in den Folgemonaten alles, selbst Koliken mit Durchfall, immerhin war sie eingerostet und es fehlte ihr wohl mehr als nur ein Tropfen Öl.

Einen ebenfalls, dann jedoch wirklich steinharten Bauch, ähnlich dem des bösen Wolfs, der im Bett liegt und die Oma mimt, verdankte ich allerdings einem Verfallen an härtere und größere Früchte, im vorliegenden Falle gelblich-grünen abgelagerten, leicht verrunzelten Äpfeln der Sorte Iduna, die sich unter der vertrockneten Schale ihre Knackigkeit und Honigsüße wie ein Konzentrat zu erhalten wussten. Diese durfte ich mir doch wohl gönnen und zwar in beliebiger Menge. Denn Äpfel, so dachte ich, sei was Kalorien und Fett anbelangt, vergleichbar der Multiplikation mit 1: risikolose Vervielfachung. Dessen ungeachtet blockierten sie meine Verdauung und trieben zuerst einmal sämtliche Bauchfelle auf, so dass die Kugel unter meinem Brustkorb mir vorkam wie tausendfach aufeinandergespannte Häute. Nichtsdestotrotz schmeckten die Äpfel ambrosisch und es schien mir zu diesem Zeitpunkt möglich und wünschenswert, mich bis zum Ende der Zeiten ausschließlich von ihnen zu ernähren.

Als der Sommer in seinem Zenit stand und mein ätherischer Körper tagein, tagaus in Sonnenluft badete, fing sich in mir ein Leben zu regen an, ähnlich einem energisch pickenden Küken. Ich war viel in Wäldern und Lichtungen unterwegs, schwach und matt, doch keineswegs besiegt, schon gar nicht verdrossen. Obschon zufrieden in mir wie ein im Sand kauerndes Kind, nahm ich gerne Begegnungen als Lichtpunkte wahr. So etwa den Jäger mit Büchse oder die herumirrenden Hundehalter, die von

Leinen wie Marionettenfäden gezogen schienen, deren anderes Ende im Unterholz verschwand. Eines Tages, lassen wir es Juli sein, begegnete mir ein Brombeersammler, der sich vor Freude über die frühe und üppige Ernte gar nicht zu halten wusste. Ferner wusste er, dass er in mir eine Expertin vor sich hatte, der die besten Plätze mitzuteilen sich als Ehrensache verstand. Tatsächlich brachte mich erst sein sprudelnder Bericht darauf, überhaupt nach der violett-wunderbaren Wunderbeere zu suchen, die nach außen so wehrhaft durch Stacheln und dickichtes Gestrüpp abgeschirmt war, als handle es sich um eine Filmdiva hinter getönten Brillengläsern, Autoscheiben und Hotelmauern.

Dann beim Kosten der ersten dieser einzigartigen Kraftspender, als Zunge und Zähne mit sinnlicher Freude die Vitaminperlen auspressten und daran den Gaumen teilhaben ließen, als der vitalisierende, angenehm temperierte Saft begann, in mich und meine Blutgefäße einzuschießen, die Zunge im Blut der Beeren das herbe Aroma eines Konzentrats von Sommer entdeckte und schier außer sich geriet, als Hand und Fingerkuppen die glatte, pralle Seidenhaut bewunderten, das Auge ebenso den spiegelblanken, in violettes Schwarz getauchten Glanz, die Ohren ihren Sonnengesang vernahmen in all den erhitzten, unsichtbaren Beinchen und Flügelchen der das Brombeergerank umflirrenden Insektenschar, als schließlich der belebende Geruch trockener Hölzer und Kräuter meine Nase um den Verstand brachte und sie diesen einsog wie mit Nüstern und den Körper voll damit pumpte, bis hinunter in die allervorderste Zehenzelle pumpte, als wären die Lungen perforiert, da erwachte in mir in all diesem Atmen, Riechen, Hören, Betrachten und Tasten, Schmecken und Kosten ein neuer Sinn, berauschten sich totgesagte Geister an Beerenblut und Wasser des Lebens und machten mich stärker.

ZWEISIMMEN

∾

Der Einzige, der vielleicht treu geblieben wäre, war der Hund. Er hieß Sim nach dem Simmental. Als Hund war er mir zu menschenähnlich, so mochte ich ihn oberflächlich. Im Grunde liebe ich Hunde, wedeln sie nicht gar zu penetrant.

Sim war natürlich ein Bastard und trug seine Liebe samt Samen überallhin. Einzig bei mir konnte er nicht landen. Das schien ihm zu gefallen. War folglich ein Rüde, wo er geht und steht.

Neben Sim gab es auch richtige Männer, darunter meinen Freund, an dem das Schönste die Augen waren, die sich freuten wie ein Kind. Wir befanden uns im Haus der Familie meines Freundes und Sims. Dieses befand sich in Zweisimmen im Simmental. Krankhaft füge ich immer im Simmental hinzu, warum ist mir schleierhaft. Als existierte ein Zwillings-Zweisimmen in einem anderen Tal.

Der Vater des Hauses und der Familie stellte sich nach einer Woche ein. Er liebte Sim und schloss mich aus. Sagen wir mit Freud aus Neid. Nach einem frühmorgendlichen Wort- und Wutschwall, den ich vermauert, klein wenig porös, auf mich niederprasseln ließ, war ich entlassen. Kurz darauf lehnte ich es nicht einmal ab, mich im Auto des Vaters von Freundesfreund zum Bahnhof fahren zu lassen. Zuvor hatte ich meinen Stolz wohl in der Simme ersäuft.

Bevor der Vater kam, waren wir zwei junge Paare plus Mutter und Großmutter. Freundesfreund war mit seiner Freundin da, einer geborenen von Dach, und wohl auch gestorbenen. Es schien mir damals lust- und sinnvoll zu rauchen, weil alle es taten, lassen wir Sim einmal draußen.

Das eigensinnige Haus war eins vom alten Schlag und fließendes Wasser gab es im Überfluss, wenn auch bloß vom kalten. So wusch ich mir die Haare im schockkühlen Wasser der Simme. Die Nackennerven vereisten und hielten prompt den Kopf hoch. Ich benutzte damals ein lindgrünes Shampoo, dessen Duft sich für Tage in meinen Haaren verheddterte. Leider galoppierte kein weißes Einhorn vorbei, um mich hinterher mit wehenden Haaren herumzutragen. Auch Freund stolperte nur vorüber und wusste nichts mit mir anzustellen. Selbst beim Rauswurf an besagtem Morgen blieb er wie ein Stock im Bett und hielt wenig von verfrühter Aufregung. Einzig sein Stab war wie üblich morgendlich erregt und ich hätte mich glatt auf ihn spießen können.

Freundesmutter mochte mich auch nicht, lebte dies aber getrennt vom Vater. Wichtig war ihr, die drei Packungen Marlboro zurückerstattet zu bekommen, die ich ihr in Auftrag gegeben hatte. Überhaupt mochten mich Zeit meines Lebens Eltern kaum, angefangen bei den eigenen. Auch mein Freund mochte beide Elternteile wenig, fand aber Worte der Entschuldigung ausschließlich für die Mutter. Der Vater hatte sie während der Ehe mit zunehmender Plumpheit betrogen, gerade so als hätte er ein Recht darauf, attraktiver Architekt, der er war.

Ich lernte nur eine der Freundinnen kennen, eine Malerin in Pastell. Sim zu malen lehnte sie ab. Bei so viel Gegenständlichkeit rümpfte sich ihr zierliches Näschen.

Wieder zuhause forderte ich meinen Schlüssel, der Freund unbeschränkten Zutritt zu meiner Zurückgezogenheit verschafft hatte, zurück. Kopfschüttelnd bewertete er meine Reaktion am Telefon als überspannt. Also blieben wir Zwei ein Paar, immerhin noch ein Weilchen.

FORTSETZUNG

❦

Emotional halbwegs orientierungslos, ähnlich einer frisch geschlüpften Gans, hätte ich mich noch an jedes Seilende ziehen lassen, nach jedem Liebesleittier ausrichten können. Zuerst und für länger konzentrierte ich meine Liebe auf Z. Im pubertierenden, hässlichen Alter von 13 oder 14 war er meine große Verliebtheit. Zu dem Zeitpunkt jedoch mit einer Frau verbandelt, die wohl auch ein Mädchen noch war, doch widerstrebt mir diese Ausdrucksweise für sie, die in unserem Rudelrund eine Führerinnenrolle einnahm. Womöglich hing diese damit zusammen, dass sie außerhalb aller Selbstzweifel zu stehen schien. Ferner hatte sie ein Doppelkinn und das Gesicht einer Bulldogge. Dennoch hielten wir sie bereitwilligst für schön, derart einschüchternd wirkte sie. Für mich war es eine Ehre, von ihr empfangen zu werden. Dass sie die Freundin meiner Verliebtheit war, schien mir richtig. Bei dieser Rolle an mich zu denken, fiel mir ungeachtet knospender Selbstwertschätzung gar nicht erst ein. Ich erinnere mich, sie besaß eine unglückliche Figur und einen Mutterbusen. Immer trug sie, wie wir alle, zu weite Blusen, was mehr noch betonte denn verdeckte. Sie war häufig krank und einmal durfte ich sie an ihrem Krankenbett besuchen. Dabei kam sie mir weit eher faul als krank vor und wäre ihr in meinem Elternhaus eine solche Selbstverzärtelung fraglos ausgetrieben worden. Sie konnte ganz nett sein, aber natürlich merkte sie nie, wie wichtig das für uns andere war. Irgendwann, nach weit über einem Jahr, für Halbwüchsige eine ozeanhafte Zeitspanne, löste sie sich von meiner Verliebtheit und ging nach Amerika. Letzteres ist gut möglich nur eingebildet, aber mir scheint es so für sie passend. Sie war jüdischer Herkunft und hieß ähnlich wie Oh Tannenbaum.

Dadurch wurde meine Verliebtheit frei und als sie längst abgeflaut war, rief Z einmal mitten in der Nacht an und sich in Erinnerung. Meine Mutter nahm den Anruf entgegen und behielt ihn für sich, so lange bis sich Z ein zweites Mal, diesmal nicht zu nachtschlafender Zeit, meldete. Seltsamerweise mochte meine Mutter Z, alle Späteren fanden kaum noch Gnade.

Bevor Z für längere Zeit nach dem fernen Indien aufbrach und die europäischen Herzen erkalten ließ, hatte ich ihn einmal zuhause besucht und ihm meine Liebe gestanden. So wie man zum Arzt geht und sagt: „Ich glaube, mit meinem Herzen stimmt etwas nicht." Z hörte damals gut zu und meinte, dass er jetzt vor seinem Aufbruch nichts mehr anfangen wolle. Wie und ob er mir gewogen war, kam nicht zur Sprache. Es klang mehr wie: „Tut mir leid, im Moment sind alle Stellen besetzt." Ich fand das damals wenig grotesk und darüber hinaus seine Begründung einleuchtend.

Als sich Z dann Jahre und Kontinente später erneut meldete, gelang es mir, meine alte Verliebtheit aufzuwärmen und ich denke, es war eine Spur Kalkül dabei, auf dass diese nicht ganz umsonst gewesen sei. Mit Z bildete ich dann fast zwei Jahre ein Paar und weder störten mich sein Lotterleben noch seine Perspektivenlosigkeit noch seine illegalen Geschäfte. Ich ließ ihn leben und partizipierte am Gewinn. Dabei hatte ich ihn durchaus gern. Einmal hatte er so viel Haschisch verkauft, dass wir getrost ein Reischen nach Amsterdam unternehmen konnten. Zwar schliefen wir in der Jugendherberge, doch aßen wir stets Indonesisch und ließen auch VanGogh nicht unbesehen. Vor Rembrandts Nachtwache standen wir ratlos. Selbst als wir uns durch die Asiaten gekämpft hatten und die vordersten Touristen waren, sahen wir nur schwarz. Ich trug drei Tage lang einen grauen Rock und wirkte für meine Jugend zu damenhaft. So etwas störte Z nicht im Geringsten. An meiner Kleidung rumzumäkeln, darauf wäre er nie verfallen. Einmal, als er plötzlich zu Geld und ich zu einer schlanken Linie gekommen war, kaufte er mir einen grauweißen Hosenanzug aus Wolle, der mir bald wieder zu klein wurde und auch fürchterlich biss, mir aber gut zu Gesicht und Körper stand. Ein andermal plünderte Z mein Konto mit meiner gefälschten Unterschrift und schimpfte mich, als ich später empört dahinterkam, kleinlich; Geld dürfe einer Liebe nichts anhaben. Schließlich verliebte ich mich in einen Neuen, verließ unsere kleine Wohnung und hinterließ Z einen Brief auf dem Tisch. Über mein Verhalten empörte er sich aufrichtig, ein neuer Mann sei doch kein Grund, den alten stehen zu lassen. Schließlich betrog er selbst mich seit geraumer Zeit trotz trauter Zweisamkeit. Dafür jedoch war ich zu altmodisch und für ein Nebeneinander gewiss zu träge. Der Neue war nur auf eine Eroberung aus und so stand ich urplötzlich alleine da, was mich gerade mal einen Nachmittag samt Abend beschwerte, vergleichbar verdorbenem Hühnerfleisch. Z wurde in der Folge wie ein Hündchen und holte mich allerorten ab, um mir seine Verzweiflung aufzubürden. Ich ließ ihn etwas gleichgültig gewähren, er störte mich nur einmal, als er zuerst bei und dann auch mit mir schlafen wollte. Da wehrte ich mich vehement und schüttelte ihn ab. Er zeigte sich erschüttert über mein Potential an Brutalität, doch fand ich die Empörung heftig nickend auf meiner Seite.

Kaum allein, meldete sich ein immerwährender Freund von Z namens Hoferer und machte mir den Hof. Er hatte höflich erst das Ende abgewartet und hätte wohl noch länger zugewartet, da er wusste, was sich unter Freunden gehörte. Hoferer führte mich einmal aus und danach saßen wir bei ihm auf dem Sofa. Es war mir nicht im Geringsten unangenehm, denn als Mann entglitt er meiner Wahrnehmung. Natürlich wäre er der verlässlichste Mensch gewesen und grundsolide, aber sind das erotische Werte?

Hoferer saß neben mir und glaubte, die Lage entwickle sich günstig, als es ganz heftig klingelte und ein aufgelöster Z formlos in die Wohnung stolperte, um uns in irgendeiner, in seinem Hirn bereits durchlebter Eindeutigkeit zu ertappen. Auf der Fahrt zu Hoferers Wohnung hatte sich die Polizei für Z interessiert, da er mit Fernlicht durch die Stadt gefahren war und einen Führerschein ebenso wenig dabeihatte wie besaß. Der Wagen gehörte Zs Vater und Hoferer fuhr ihn mitsamt Z zurück, während ich mich zurückzog und gerne zu Fuß ging, verwundert über so viel Wirbel. Für Hoferer war das genug bis zu viel an Abenteuer und zukünftig ließ er die Finger von mir. Nicht so Z, der mich weiter auf Schritt und Tritt begleitete, gerade so als hätte ich ihm nichts Schriftliches hinterlassen.

FULDA

∾

Zwar war ich da in Fulda, aber nicht voll da. Mein Organismus litt an Minusenergie. Als übertrüge man eine Depression auf den Körper. Mitkommer verfügte über einen Regenschirm. Auf den hätte ich getrost verzichtet. Der Schirm, den er so galant wie ungekonnt halb auch über mich hielt, verkleinerte mein Gesichtsfeld von oben, somit den Blick auf die mir unbekannte Stadt, der ich gemäß Lebensplanung kein zweites Mal die Ehre erweisen würde. Das Wasser sammelte sich in den ausgebeulten Schirmschnitzen, um alsbald bösartig lustig auf mich herabzurinnen. Dies belebte mich keineswegs. Schließlich entzog ich mich solcher Schirmherrschaft und ließ den Regen fortan nur noch tropfen. Für den einstündigen Aufenthalt hatte ich uns ein sattes Programm eingepackt: Schloss, Schlosspark und Dom. So viel wollte ich gesehen, mir mit Augen einverleibt haben. Mitkommer ließ es geschehen, vielmehr über sich ergehen. Schon beschloss ich, ihn in einem Kleiderladen sich selbst zu überlassen, um mir nicht ferner ausgeliefert zu sein, da schlug er sein Schnäppchen in den Wind und entschied sich für mich mitsamt Regen. Der Schlossgarten war wie sonst einer. Barockstadt bleibt Barockstadt. Inmitten lehrte mich Mitkommer die Blutbuche. Für diese Spezialkenntnis bewunderte ich ihn. Die Buche prunkte und mahagonisierte wie frisch getränkt. Mir waren bislang einzig Rotbuche und Judenbuche als Begriffe vertraut. Um vieles einprägsamer erschien mir das Blutbuchenbild. Wir sprachen im Angesicht des Baumes über Chlorophyll und mich überkam die Vorstellung, die Blätter würden das Blut schwitzen. Dieses Bild setzte sich mir so hartnäckig auf die Schultern wie ein Klammeräffchen oder ein Tier von Bosch.

Auf dem Dom bestand Mitkommer. Im Innern erheiterte uns ein Gerippe, das wie lasziv dalag, sofern das lauter Knochen noch gelingt. Immerhin stützte es sich auf Kissen und zeigte die Sanduhr mit unverhohlener Schadenfreude. Vor uns lag die Verkörperung eines obszönen Skeletts. Ein Exhibitionist ohne Fleisch am Knochen.

Hinterher trotteten wir unter schwachem Regen zum Bahnhof zurück. Im Zug verzehrte ich meine Mango wie ein Fixer. Doch blieb der Kick aus. Natürlich tropfte der Saft auf die Kleider und gelten Mangoflecken als unauslöschlich. Mitkommer schwor auf trockene Getreideriegel und bot mir gerne vergeblich einen an.

Den nächsten Abend beehrten wir ein Gasthaus in Weimar, ich erneut mit entleerter Batterie. Unter anderen Umständen hätte ich mich auf Hochstimmung eingestellt. Doch war ich unter der Haut matt und verdrossen. Einzig dem Alkohol und dem Wasser sprach ich zu, am Essen nippte ich bloß. Aber selbst der gute Tropfen wollte erst erkämpft sein. Ich oder wir hatten uns für einen schönen Italiener entschieden, auf den ich mich vorfreute, als die Verzögerung in Form der peinlich anmutenden Wirtin zu uns herantrat, mit einer am Vorabend angebrochenen Flasche aus der Region. Womöglich tat sie gar kund, dass es sich noch um ein Überbleibsel vom Abend zuvor handelte. Uns allen war nicht danach, doch ließ sie sich nicht vom Tisch wegignorieren und wir wurden zu einem Schlückchen genötigt.

Ihr Gesicht glich einem Faltenhund. Die Wangen muteten an wie Lefzen. Das rührte vom Alkohol, so viel stand für mich fest.

Der Wein überzeugte alles andere. Ich bestand in aller Mattheit auf meinem Italiener. Wo gibt es denn so was, breiteten wir uns in der Folge über dem Tisch aus und zogen die Wirtin drüber. Diese war inzwischen mit derselben Flasche an den nächsten Tisch herangetreten. Dort verliefen die Verhandlungen erfolgreich und durfte sie als Krönung ein Gläschen mittrinken.

Wie in allem Unmut nicht anders erwartet, war das Angebot für Fleischfischvegetarier mager. Mir zugemutet und abgelehnt wurde auf Nachfrage ein Gemüseteller mit Spiegelei. Schließlich pickte ich wie ein Vögelein von der ohnehin kleinen Portion vertrockneten Risottos mit irgendwelchen Kernen.

Selbst der abschließende Baileys, der wider Erwarten keinen Stich hatte, verschaffte mir kaum Schwung. Im Spiegel im

Zimmer sah ich meine schlenkernden Glieder und streckte mich aus.

Am Frühstückstisch nippte und läpperte, schlürfte und leckte ich an allem, die Finger nach der Mikromenge Honig, die an ihnen kristallisierte, pickte und stibitzte die Ananaskeile aus dem typisch deutschen Joghurt, der es nie in die weite Welt schaffen würde, da zu einfallslos.

Diesmal schaffte ich es nicht ins Jakobsviertel, in den Bio-Feinkost mit dem hellsten und kostbarsten Lindenhonig, der mir je auf wie unter die Zunge gekommen war, vergleichbar gezuckertem Gold. So trat ich die Rückreise ohne Mitkommer mit einem Sack voller Äpfel an, die ich bis zur Ankunft verzehrte mit Stumpf und Stiel.

ALS MEIN KÖRPER DIE ANGRIFFSFLÄCHE BOT

∿

Als mein Körper die Angriffsfläche bot, betrat ich, offenkundig schockierend, ein Alle-Altersklassen-Fest, dem ich mich nicht vorenthalten wollte. Aufgrund meiner Magerkeit wurde ich an den Pranger gestellt wie dereinst die Rothaarige im Mittelalter. Es handelte sich um eine der Umwelt zuliebe nachgelieferte Hochzeitsfeier, auf die die Hochzeitenden sich zuliebe gerne verzichtet hätten, es wurde ihnen allerdings nahegelegt, aus Vor- und Rücksichten, den verwandten und bekannten Rest, eingedenk zukünftiger Gefügig- wie Gefälligkeiten, nicht gänzlich auszuklammern. So gab es alles vom Mittelmäßigen, Grundsoliden. Will heißen Grilladen mit dem üblichen grünen und Teigwarensalat, dazu die überall vorherrschende Cocktailtunke in ihrem kränklichen Rosa, an verwesende Crevetten erinnernd, eine vernichtende Niederlage meldete die Gewürzfront. Zum Nachtisch langweiliges Biscuit – von gesund, mit Beeren, bis hin zu hochkalorisch mit brauner Schokotunke. Biscuit bedeutet ja übersetzt zweimal gekocht wie Zwieback zweimal gebacken, aus beidem wurde folglich jedes Aroma herausgebacken. Beileibe – an solchem Buffet gab es nichts auszusetzen. Passend dazu war der Wein so trinkbar, wie es mit Fug und Recht von ihm erwartet werden durfte. Der Unfug trollte sich in die Hundehütte. Ab!

Weit im Voraus schwante mir, dass mich die Mutter empfangen würde, da dies die schlimmste meiner denkbaren Wendungen war. Kurz nach meinem Eintritt begann sie ihr Geschrei – einem schwarzen zänkischen Griechenweib vergleichbar – und titulierte mich wiederholt als magersüchtig, bis ich die Widerworte einstellte. Mir schien sie glücklich, mich endgültig abschießen zu können. Als Tochterfreundin quasi seit Beginn ein rotes Tuch in ihren Augen, war sie froh, hatte ich nicht abgefärbt. Das brave

Fest, an dem es nichts auszuarten gab und vor dem jedes kleine Teufelchen spornstreichs die Flucht ergriffen hätte, verabschiedete gleich nach meinem Eintreten einen Teil der alternden Nachbarschaft und räumte den von ihr besetzten Tisch ab. Dagegen gab es wohl nichts einzuwenden, allenfalls wagte ich, einen Krümel Schlampigkeit zu vermissen, an dem doch oft seine Spießgesellin namens Gemütlichkeit hängen bleibt. Außer mir befand sich alles im Rahmen. Ich setzte mich zu den verbliebenen Nachbarn und mied vorerst den jungen Tisch, an dem ich mich zuvor offensiv vorgestellt hatte, um mich zuzumuten.

Denk dir einmal das Gegenteil, so ratterte mein Gehirn: Ein ehemals Rankundschlanker betritt nun fettgepolstert und mit weitaus mehr als einem Kinn – nur sprachlich sperren sie sich gegen den Plural – den Festort, klingelt und wird wie folgt empfangen: „Wie siehst du denn aus? Sag mal, viel zu fett bist du. Ja, hast du denn gar keine Selbstdisziplin? Also nein, so kannst du nicht bleiben. Du bist ja richtig fettsüchtig. Adipös, ja, doch das bist du. Wie kann man sich nur so gehen lassen. Du bekommst den ganzen Abend nur ein Glas Wasser. Gut, einen Schluck Wein zum Anstoßen. Das Buffet bleibt geschlossen für dich. Schau mal der Bauch mit den Fettringen, richtig hässlich sowas."

Ein gebildeter Nachbar, von dem ich mich absorbieren ließ, um nicht mehr ansprechbar zu sein, berichtete detailgetreu von den kürzlich verlebten Bulgarienferien, von Kirchen und Rosen in Tälern und Klöstern. Die dazugehörige Gattin, akkurat frisiert und hingesetzt wie fürs Foto, holte diensteifrig aus ihrem Haus das dazugehörige Fotoset und ich weilte für eine Stunde auf einer geführten Tour, auf der man alles erfuhr. Wider mein Erwarten war die Bildqualität der Gesprächsqualität entsprechend. Das Plappern ringsum nahm ich nunmehr wie Wogen wahr, die an mir auf und abebbten. Nie erreichten sie Brusthöhe.

Als sich das Gespräch vom Land schwerpunktmäßig auf die bulgarische Klavierlehrerin verschob, die es in aller Bescheidenheit und Zähigkeit unter die Top Ten schaffen sollte, flackerte mein Interesse ab, obschon ich es natürlich edel und gutherzig fand, ein junges, hoffnungsfrohes Talent so enthusiastisch zu begleiten, wie es mein Tischnachbar tat. Hatte ihn womöglich die Tochter enttäuscht?

Als sich, auf sanftes Mahnen der Gemahlin, auch diese Nachbarschaft verzog, gesellte ich mich an den jungen Tisch, um nicht vor Blicken zurückzuschrecken. Das Gespräch plätscherte ein bisschen hierhin, ein bisschen dahin. Die meisten Lacher hielt ich für gewollt, um guter Stimmung habhaft zu werden. Ich hätte auch gehen können, um meinen Schlaf, der mir gehaltvoller schien, zu zelebrieren. Doch zwang ich mich der Party auf. Von Nötigungen der Mutter abgesehen, für die ich als Einzeldarstellerin auf der Bühne innerlich Verlassener ein gefundenes Fressen bot, blieb mein Äußeres tabu. Ich registrierte vermehrt bei Frauen Antipathie, bei Männern Zurückhaltung bis Befremden. Wird man über den Körper nicht mehr ernst genommen, wird man auch sprachlich übergangen. So wurden meine Fragen nur aufgegriffen, wenn eine andere im gleichen Wortlaut insistierte. Alles Unausgesprochene rottete sich zusammen und sprang mir ähnlich einer vorlauten Katze auf die Schulter. Als ich schon lange gehen und damit im Grunde einen allgemeinen Aufbruch bewirken wollte, um nicht zum abwesenden Fall gemacht zu werden, stand ich für länger unschlüssig hinter andern Restgästen, ohne dass einer über seinen Schatten sprang und mich darauf ansprach. Möglich ist aber genauso, dass mein energiearmer Zustand die Atmosphäre durchlöcherte und die Gesprächslust herabsetzte. Mit meinen unpassenden, viel zu großen Schuhen klackerte ich schließlich aus dem Haus und registrierte wie eine Schwerverbrecherin die hinter mir hässlich einschnappende Tür.

LINDGREN

∾

Heimwärts in einem Raucherabteil. Aus Prinzip, obschon Nichtraucherin. Im Zweifelsfall für die Diskriminierten. Und aus Abneigung. Gegen den Fett-, Wurst- und Käsestullengestank, der von den Nichtraucher-Mäulern ausging, in die ununterbrochen dick bebutterte, üppig belegte Brote geschoben wurden, als bezöge der Zug seine Energie von den Fahrgästen.

Dabei lag auf den den Mäulern zugehörigen Gesichtern der selbstgerechte Ausdruck einer Kröte kurz vor dem Aufstoßen, der genau eins mitteilen wollte: Die wirklich Schlimmen sitzen anderswo.

Ich aber saß anderswo und ungestört, als eine Mutter mit ihrer 5-, 6-, 7-jährigen Tochter Paula zustieg und in Hörweite Platz nahm. Zu sehen bekam ich Paula nur kurz, als sie einmal durch den Mittelgang tanzte – kurzes Röckchen, Stöckchenbeine – und wie alle Kinder – anders als Jungtiere – ihr Kindliches abstreifte, sobald sie ein Augenpaar, vom mütterlichen einmal abgesehen, auf sich ruhen fühlte.

Unverstellt allerdings bekam ich sie zu hören. Also hörte ich mir an, was sich alles machen ließ. Zuerst verlangte sie nach der Kassette aus Bullerbü.

Mama, bitte, die Kassette aus Bullerbü.

Dabei sprach sie Bullerbü immer so aus, als würde sie es essen. Ein Wort in drei Bissen: BULL ER BÜ.

Es machte richtiggehend Appetit.

Als sie die Kassette erhielt, las sie vor:

ASTRID LINDGREN

Astrid Lindgren hat die Kassette gemacht, Lindgren hat BULL ER BÜ gemacht.

Ja, meinte die Mutter und ich auch.

Paula las weiter:

Pünktchen und

Darauf stockte Paula.

Der hat auch das fliegende Klassenzimmer gemacht, half die Mutter aus.

Dann hörte ich ein Weilchen nichts, Paula hörte Lindgren aus Kopfhörern und ließ die Kinder aus Bullerbü machen.

Später aß Paula zur Stärkung einen Berliner. Äpfel, Birnen, Orangen hatte sie zuvor – durch Michel, Pippi und Madita geschult – zurückgewiesen.

Schließlich die Mitteilung: Ich geh auf Toilette. Ich mach Kacki. Mir machte das nichts.

STRETCHING IM HOF

Damals waren wir jungverliebt und auf Schönheit bedacht. So entschieden wir uns für Stretching im Hof. Damals, das heißt meine Freundin, Latte, und ich, wir machten uns Lehmmasken für die Gesichter und zwirbelten die Haare hoch. Latte hatte dickes, schwarzes Haar wie echte Puppen. Dagegen meins war dünn, lebendig und ach so gerne fassungslos.

Dergestalt zeigten wir uns im Hof, den wir als zu Lattes Haus gehörig betrachteten, gelegen in einem Quartier bestehend aus Schloten und sich tapfer gegen den Ruß stemmenden Häuserzeilen. Für Stretching im Hof benutzten wir ein Buch, da unser Fach die Anatomie nicht war und uns einzig die Verlängerung bestimmter Muskeln am Herzen lag.

Latte nährte Vorbehalte gegenüber Sport und fand allzu viel suspekt. Natürlich trugen wir ein stilles Wasser mit nach unten, vertrösteten Kaffee und Alkohol auf später. Latte trug ein dünnes Hemdchen, durch dessen Ausschnitt man auf beide Brüstchen sah. Deren dunkle Brustwarzen waren mir nicht geheuer, ich hielt sie für grotesk. Rosa Brustwarzen erschienen mir glatter und weniger hibbelig, wenn auch ebenso wenig schön. Aber das ist so mit Drüsen, die sich nach draußen wagen.

WANDERN MIT VATER

∾

Daran erinnere ich mich. Wir rasteten auf einer Wiese. Meine Schwester und ich und mein Vater, der zeit seines Lebens nie eine Jeans trug, so hinkte er derselben hinterher. Meine Mutter hatten wir zuhause gelassen, andernfalls wäre sie mit auf dem Gedächtniserinnerungsfoto. Allzu weit weg von zuhause konnte es dennoch nicht sein, wenig wanderlustige Kinder, die wir waren, allen voran ich. Dennoch hatten wir reichlich Proviant, den mein Vater in einem Rucksack auf sich trug, damit wir Kinder unbeschwert blieben. Dabei schwor meine Mutter auf gedörrte Früchte und Studentenfutter. So aßen wir Dörrpflaumen und tranken Thermoskannentee. Die Steine steckten wir in die Erde, um später Zwetschgenbäume zu ernten. Auch versprach mein Vater, in 10 Jahren erneut mit uns vorbeizuschauen. Auf meinen kindlichen Knien ließ sich ein Schmetterlingswaise nieder, den ich mit jungem Salat aus der hohlen Hand fütterte. Dieses Bild berührte uns alle.

FLIEGENGEWICHTE

∾

In den Jahren, als ich nur eine klitzekleine Wohnung mein Eigen nannte, um genauer zu sein, exakt ein Zimmer, bekam ich gleich zweimal unliebsamen, unter uns gesagt, abartigen Besuch, den ich der Außenwelt nicht vorenthalten will: Ohne mich für die Chronologie zu verbürgen, will ich mit der Fledermaus beginnen, die gegen drei Uhr nachts in meinem stockfinsteren Zimmer, sagen wir einen halben Meter über meinem Kopf – bei weniger Distanz hätte mein Herz gestockt – an die Wand flog und mit ihren mir graueneinjagenden Lederflügeln ein panisches Geräusch in Schwingung setzte, das die Schlafklappen meiner Ohren flugs zu öffnen verstand. Weit hinter den flattrigen Lidern dachte ich erst an einen Vogel, wohl hauptsächlich, um mich zurückzuwiegen, so lag ich wach und verkrümmt und war mir unschlüssig, ob ich die Augendeckel heben oder noch einmal versuchen sollte, mich in den Traumschlaf zu rollen, als ein weiteres lappiges Flügel-geräusch mir einen Horror einspritzte, der mich in Zehnhoch-minus-Bruchteilen von Zeit auf die Beine stellte und mich das Zimmer aufs äußerste terrorisiert verlassen ließ. Erst als ich die Tür hinter mir zugerissen hatte und das Schloss absolut sicher eingeschnappt wusste, konnte ich mich zum Pinkeln aufs Klo begeben, welchem Bedürfnis ich um diese Zeit ohnehin nach-gekommen wäre, für gewöhnlich jedoch in schlafwandlerischer Trunkenheit, umsäuselt von Trollen und Traumzwergen und puppigen Elfen. Nun saß ich mit gepresstem Blick auf dem Klo und starrte durch den halbvorgezogenen Duschvorhang hin-durch, als könnte ich ihn röntgen. Vielleicht war ja eine Ver-wandte meiner Schlafzimmerfledermaus bereits zu Beginn meines Schlafes, von mir unbemerkt, ins Badezimmer geflattert oder es hatte sich dort eine richtige Familie angesiedelt. Leider war

meinem, in dieser Hinsicht unzuverlässigen Hirn nicht zu entnehmen, wie es um das Sozialleben der Fledermäuse bestellt war.
Ach, wie gerne hätte ich mir vorgetragen, dass es sich bei ihnen
um ausgesprochene Einsiedler handelte. Aber kam das überhaupt
vor bei Säugern? Und dann stellte ich mir diese winzigkleinen,
milchnassen, entzündeten Fledermauszitzchen vor, umflort von
verklebtem Pelz auf grauer, pochender Haut und gruselte mich
erneut mit heftigen Schauern über den Rücken.

Während die Spülung lief, mein entsetzter Verstand sich gar
nicht vorstellen mochte, welchen Tierchen ein Spülkasten als
Lebensraum dienen könnte, warf ich einen hysteriegeschwächten
Blick durch die Glastür, die mein Schlafzimmer vom Flur trennte.
Durch die mehrschichtige Scheibe sah ich in den Schreckensraum
nur verzerrt, der überdies von einer außenstehenden Mondsichel
ein halbes Licht erhielt. Ich kniete vor der Scheibe auf dem Flur,
die Hinterbacken saßen auf den Fersen und ich war froh, dergestalt
zusammengeknäuelt zu sein, um nur mich und nichts Fremdes zu
spüren. Hin und wieder nahm ich einen ins Gigantische gehenden
Flügelschatten wahr, den der Mond an die gegenüberliegende
Wand projizierte. Die Maus hing also nicht still und wartete den
Morgen ab. Das war mir auch lieber so, denn wie hätte ich sie als
Beutel aufgehängt in meinem Zimmer orten sollen? Obschon der
Schrecken meinen Körper im Griff hielt und ungeachtet angst-
geweiteter Augen, wurde es mir dennoch auf Dauer auf dem
harten Kunststoffboden zu unbequem und ich dachte darüber
nach, mir wenigstens die Decke vom Bett aus dem Zimmer zu
schnappen. Für eine Millisekunde wollte ich die Türe genau in
dem Spaltwinkel öffnen, den die Deckendicke eben beanspruchte.
Wahrscheinlich schlummerte ich hockend gar ein wenig ein, auf
jeden Fall entschloss ich mich, nachdem auch das Schattenspiel
für längere Zeit ausgesetzt hatte, meinen zerknautschten Körper
weich zu betten und raffte mich auf. Nachdem ich die Tür zwar
nicht langsam, aber wachsam und leise zur Hälfte geöffnet hatte,
kam auch von drinnen kein Echo und ich begann, die Decke zu
mir in die Diele zu ziehen. Als alles vorbei war, glühten meine
Wangen und ich fühlte mich wie nach einer Erstbesteigung. Ich

bettete mich so weich es ging und beschloss, mich mindestens so lange in Träume zu flüchten, bis das Tageslicht mir aufhalf. Jedoch aus Angst, ohne Wecker und Hilfsmittel zu spät hochzukommen, schreckte ich frühmorgens beim geringsten Liderzucken auf und fand mich so desorientiert, als läge ich auf einem kleinen Floß, umgeben von Nacht und Wellen. Noch liegend, Hände und Arme linkisch neben dem verdrehten Körper, klickte die Erinnerungskaskade nach dem ersten Antreten los und lieferte mir jedes Detail der vergangenen Nacht wie die allertüchtigste Sekretärin. Nun lag es an mir, mein weiteres Vorgehen zurechtzulegen. Bevor ein Entschluss nicht mindestens auf drei Beinen stand, wollte mir nicht einmal der Gedanke an die morgenübliche Riesentasse Milchkaffee aufhelfen. Allmählich klarer und bestimmter werdend, sah ich ein, dass schließlich alles auf ein Öffnen der Türe und eine Inspektion des Zimmers hinauslief resp. nichts daran vorbeiführte. Wie üblich managte ich mich selbst anhand des Systems „auf Pflicht folgt Belohnung" und mit der Blase einer auf rotem Grund weißgepunkteten Megaschüssel Milchkaffee im Hirn trat ich ein.

Nichts von einem lebendigen Etwas war zu sehen. Wie ein Inspektor sah ich hinter jedes Bücherregal, untersuchte sogar stichprobenhaft Einzelbände, zog sie zwischen ihren Nachbarn hervor, um eventuell daran Gekralltes zu entdecken. Unter das Bett getraute ich mich erst zu schauen, nachdem ich anhand eines Besenstiels meinte, gründlich für Ruhe und Ordnung gesorgt zu haben. Am Ende ermannte ich mich dazu, die Matratze hochzuhieven und sie gegen die Wand zu stellen, um deren Unterseite einer Schlusskontrolle zu unterziehen. Danach erst schloss ich das Fenster, Fledermäuschens Tor zur Freiheit, das dieses offenbar ausgemacht hatte. Mühelos lässt es sich denken, wie leicht und vordergründig mein Schlaf in den nächsten Tagen war, dünn und brüchig wie eine Eishaut. Erst als für längere Zeit keine Rezidiven aufflatterten, wuchsen meinen Träumen die Flügel erneut.

Das andere Mal fährt mir noch heute in die Glieder. Ich schlief erneut bei sperrangelweit geöffnetem Fenster und lag eines Nachts ganz akut wach mit vom Körper weggespreizten Gliedern und bis zum Gehtnichtmehr aufgerissenen Augen wie ein Hampelmann. In diesem Zustand fror mich das Grausen ein und fortan schafften es gerade noch die Härchen auf den Armen, sich zu sträuben und zu erheben.

Am Fußende, ungefähr auf Knöchelhöhe, hatte sich etwas Zentnerschweres auf meine Decke gesetzt. Nur leider und entsetzlicherweise gelang es meinen Augen nicht, dieses Etwas auszumachen. Ich spürte das Gewicht und den Druck so deutlich und schwer auf meinen Unterschenkeln, dass es mir auch ohne Willens- und Nervenlähmung kaum gelungen wäre, mich aus dem Bett und dem Staub zu machen. Blitzlichtrig kurz und wie aus Verzweiflung dachte ich an eine Katze, denn an das Gefühl, von einem kleinen wärmenden, zusammengerollten Klotz belagert zu werden, hatten sich meine Füße mitunter gewöhnt. Bei geschlossenen Augen hätte ich mir aufgrund der Empfindung einen Metallwürfel vorgestellt, durch und durch aus schwerem, blankem Eisen. Es schien so aussichtslos wie Nebel, die Füße oder Beine zu heben, um ein Etwas solcher Gestalt abzuschütteln. Die Dunkelheit entschuldigte mein mangelndes Sehvermögen keineswegs. Denn im Zimmer musste sich eine Lichtquelle befinden, deren Radius – ausgehend vom Bettende – bis zum Fenster reichte und die den Raum mit einem extrem kalten, eisblauen Licht färbte, von der Wirkkraft eines Scheinwerfers.

Ferner konnte ich nichts hören, gleichwohl vernahm ich Botschaften. Es war, als würde ich nicht mehr durch die Sinnesorgane wahrnehmen, die funktionslos brachlagen, als würde ich vielmehr von Empfindungen getränkt werden, die allseitig in meinen Körper eindrangen wie Tinte in Löschpapier. Dagegen sich zu verschließen, unterlag nicht meiner Willenskraft. Vielleicht verfügten Wesen anderer Art über Porenklappen, die sie abdichteten gegenüber Unerhörtem und schwer Erträglichem. Mir schien, als wäre ich der Verhandlungsgegenstand im Raum, man begutachtete und beratschlagte, unmöglich zu sagen, wie viele Stimmen in welchen Zungen sprachen. Wäre auch denkbar, dass Sprache in einem anderen All als Kommunikationsmodell längst ausgedient hatte und man sich Schwingungen sonstiger Art hin und her schickte. Unzweifelhaft fand eine Musterung nach allen Regeln außermenschlicher Kunst statt. Wie das abschließende Urteil ausgefallen sein musste, vermochte ich mehr der zwar nicht plötzlichen, aber dennoch eindeutigen Umkehrung der Atmosphäre im Raum zu entnehmen, von der man, wie mir schien, jeglichen Sauerstoff und Strom abgezogen hatte, als hätte man den Stecker aus dem Zimmer gezogen. Ich blieb, nun aufrecht im Bett sitzend, in etwas zurück, das ich von früher her kannte und das für den Geist so schal sich anfühlte wie eine frühmorgendliche Mundhöhle nach eifrigem Knoblauchbrot- und Weingenuss für die Zunge. Ich war ausgemustert, für zu leicht befunden, für welche Mission auch immer: untauglich.

Und während mich nachfolgende Ohnmacht und Schlaf wieder ins richtige Verhältnis setzten, schien es so klar wie Mondlicht ins Zimmer, dass sich ein derartiger Besuch nicht wiederholen würde. Enttäuschte Gäste kehren niemals wieder. Nicht um alles auf der Welt.

PRAKTISCHE ÜBUNG

～

Viel zu jung, befand die Freundin mit der Riesenbeziehungser-
fahrung in der Schultertasche. Viel zu jung für dich, das hatte
sie nach einem Seitenblick auf den Jungen festgestellt, während
ich mit ihm ein bisschen Informationsaustausch betrieb, denn ein
richtig flottes Gespräch brachten wir nicht in die Gänge. Und
alles in allem ging's ja auch nur darum, sich zu verabreden resp.
eine zukünftige Verabredung ins Auge zu fassen, ein Date, aber
so sprach man damals noch nicht, gebrauchte vielmehr Mehr-
silbiges wie Neandertaler.

Tja, ich konnte noch nicht mal behaupten, dass ich ihn wirklich süß gefunden hätte, aber immerhin hatte ich mich – in
meinem von einer Tante geerbten Wintermantel mit Pelzhals –,
immerhin mich als Frau mit einem Mann unterhalten, ohne dass
es einfach der MannPartnerFreund einer Bekannten gewesen
wäre, die sich ja aus Gründen der Koketterie bis hin zum tat-
sächlichen intellektuellen Interesse von Zeit zu Zeit mit mir abgeben mussten, wenn ich etwa im Wohnzimmer geparkt wurde
und die Fraufreundin aufs Klo verschwand und wir uns doch
irgendwie ver- oder unterhalten mussten, aber meistens spürte ich
schon, dass sie sich nicht allzu wohl fühlten in ihren Pantoffeln
und manche schlugen die Beine übereinander, wenn sie so saßen,
als würde ich sie verhören. Dieser nun war sicherlich auch mit
einer Partnerinoderähnlich gesegnet, aber immerhin, ich kannte
ihn über ihn. Das bedeutete für mich und meinen Radius eine
Erweiterung. Und auf einem grellbunten zusammengefalteten
Zettelchen notierte er sich meine Nummer und versprach anzu-
rufen, nachdem ich ihn instruiert hatte, zu welchen Tageszeiten
dies überhaupt Sinn ergeben würde. Handys existierten damals
bereits, keine Bange, doch ließ ich mich erst spät durch ein ge-

schenktes verführen, wie das so ist bei mir. Bis dahin gab's mich exklusiv auf Festnetz. Nachdem also angezettelt war, verließ ich mit der Beziehungsexpertin das Tanzlokal – das ist nun wirklich sehr veraltet, aber Disco trifft es auch nicht –, ich, leicht beflügelt, doch nicht von Sinnen, sie, eher nüchtern und für einmal dem Heimweg zugeneigt. So verabschiedeten wir uns an der Ecke, jede mit den Gedanken bei sich.

Tatsächlich versuchte ich, mich in den nächsten Tagen an meine Vorgaben zu halten und nicht später als gewöhnlich nach Hause zu kommen, nach einer Woche jedoch wurde ich ärgerlich und fing an, ihn scheibchenweise abzuschreiben; doch genau diese Haltung scheint sich immer selbständig zu machen und durch den Äther zum andern zu wabern und so auch hier und prompt rief Salsa – zur Not wollen wir ihn so nennen, mit Vornamen tun sich meine Finger schwer und ich erinnere mich, es war da was mit Südamerika – in der Folge an.

Na ja, er lud mich zu sich ein, er wolle was kochen, was konnte ich schon dagegen haben, außer dass mich ein Restaurant bestimmt mehr begeistert hätte, aber offenbar hatte ich mir weder den Reichsten noch den Spendabelsten ausgesucht. Gut, ich würde es schon finden, kürzte ich seine Wegbeschreibung ab, und aufgehängt. Aber genau ich war es dann, die sich in der Straße vertat und erst noch ein Weilchen herumirrte, in dem mir eigentlich bekannten Viertel, bis ich den ersehnten Klingelknopf wahrnahm neben dem Schild, in das tatsächlich nur sein Name, Salsa, eingraviert war und nicht noch ein Papierfetzelchen drunter und daneben mit einem fremdländischen Frauennamen, das oder den man bei Bedarf zügig wechseln konnte.

Bevor wir uns zu Tisch setzten, half ich noch etwas in der Küche aus oder eigentlich stand ich herum und fixierte bewundernd den riesigen Messingtopf auf der Platte, in dem unser Risotto zwieblig vor sich hin schwitzte und dünstete.

Kommen wir zum Wein: Wir hatten uns darauf als Mitbringsel geeinigt und ich wählte stets etwas aus im unteren zweistelligen Bereich, etwas absolut Trink- wenn auch nicht wirklich Kostbares, kurz, man konnte sich einen schönen Tropfen darunter vorstellen, ansprechend aufgemacht. Die Etikette war mir hier wichtig wie kaum irgendwo sonst, selbst die Ästhetik der Flaschenform ergab ein Kriterium, vielleicht reimte ich mir zusammen, dass nur Ästheten guten Wein zu machen verstünden. Diese Errungenschaft nun, zwar etwas durchgeschüttelt und unterkühlt, stellte ich bei Salsa auf den Tisch, aber wir tranken dann doch einen anderen, der bereits vorgewärmt war und zur Auswahl stand, allerdings vermochte er sich meinem Gaumen nicht nachhaltig zu empfehlen.

Ich merkte bereits beim zweiten Mal Schöpfen, wie er fand, ich würde für eine Frau ungebührlich viel essen, flugs hatte ich mir die ersten Minuspunkte eingehandelt. Doch scheuchte ich diese Irritation mit dem Handrücken vom Tisch, denn sein Risotto war durchaus nicht von Pappe, wenn diese Metapher hier am Platz ist. Ich hätte ihn gleich darauf ansprechen können, wie das in Therapiesitzungen oder Emanzipationslehrbüchern womöglich empfohlen wird, hätte sagen müssen: Esse ich zu viel, findest du mich zu dick, stehst du auf Flache, zielsicher von der Frage zum Angriff segelnd, aber natürlich reagiert kein Mensch, und zuletzt eine Frau, in vergleichbarer Situation so oder ähnlich, was in der Luft liegt, liegt eben in der Luft und nicht auf der Zunge und ich war ohnehin schon mit Schlucken beschäftigt, aber natürlich verunsicherte es mich im Unterleib und blinzelte ich vermehrt und klang meine nächste Frage ein bisschen spröd und zielte wohl auf die Größe seiner Portionen ab, denn wie gewöhnlich war ich am Fragen und Interviewen, damit auch nicht eine Sekunde das Schweigen keimen könnte. Während er mich mit seinen vollmondrunden Brillengläsern durchleuchtete, immer etwas distanziert und ganz wie ein Betrachter, für den ich den Zappelhans geben durfte oder sonst ein Unterhaltungsprogramm, sprach ich salopp und flapsig genug von mir und meinem Selbst, was ich hinterher stets zu bereuen und zu bereinigen hatte, denn natürlich lief auch dies unter Prostitution, sich als interessante

Persönlichkeit verkaufen zu wollen, anstelle sich entdecken zu lassen oder sich zu vermuscheln und einzig den kunstvoll behutsamen Händen zu öffnen. Ich fragte mich immer, wie ist das so mit der Unterhaltung bei den Pärchen, die vollkommen kultur- und geistlos sind, ja, worauf gründet sich bestenfalls ihre Liebe, nistet sie einfach in der Nestwärme, die man sich gegenseitig bietet und tagsüber in der geteilten Vorliebe für gängige Programme, die auf allen Freizeitmaschinen liefen, sei es im Fernsehen oder sonst einem Gerät mit Bildschirm? Anstatt auf meine Frage einzugehen, wies er mich auf das noch ausstehende Dessert hin, dass sich aber dieses Mal auf Kekse beschränke, denn schließlich sei er berufstätig und könne nicht stundenlang in der Küche rumwerken. Da wollte ich meine Ohren schütteln, denn sie hörten die Klage einer Frau, allein mir gegenüber saß ein Mann, mit dem ich doch etwas beginnen sollte. Und auch die Spitze war mir nicht entgangen, fürs Erste nur einen begrenzten Aufwand betreiben, erst mal schauen, wie viel zu investieren sich lohne. Dickfellig und abwartend knabberte ich im Weiteren ausführlich an dem Gebäck in Bio-Qualität und schlug auch den angebotenen Kaffee nicht aus, nur irgendwie sollten wir uns noch näherkommen, selbst meine Trunkenheit geriet nicht über das Anfangsstadium hinaus. Zeitlebens verspürte ich Hemmungen, erheblich mehr zu saufen als mein Gegenüber und so machte mich die Genügsamkeit des andern im Gegenzug topfnüchtern, da reagierte ich wie ein Tier vor dem Spiegel.

Ehrlich gesagt möchte ich gerne überspringen, wie wir schließlich zusammen im Bett landeten, ich denke mal, es war so unromantisch und lustfern wie ein Arztbesuch auf nüchternen Magen. Er zerrte und rüttelte in einem fort an meinem Hüft- und Bauchspeck herum, was mich grausam irritierte und selbstverständlich nicht einen Funken Lust aus mir herausschlug. Und auch seine Lust schien mir nicht immens, trotzdem stülpte er dann genau im richtigen Moment und arschroutiniert das Kondom über und es ist mir wirklich nicht geblieben, ob von vorn oder hinten oder von der Seite, was wohl und auch leider, ganz ohne Sarkasmus, eine klare Sprache spricht. Im Grunde hätte ich am liebsten 4

Stunden nur geknutscht und geknuddelt oder einfach bis zum Einschlafen, aber konnte ich denn so etwas kommunizieren, wo ich es noch nicht einmal in einen ordentlichen Satz zu packen weiß. Nun jedenfalls klappte es danach mit dem Einschlafen ohne Weiteres; und wenn ich auch gern die allseits akzeptierte Ansicht einräume, gemäß der sich die Güte des Beischlafs auf die des Schlafs auswirke, so möchte ich doch festhalten, dass deren Umkehrschluss bei mir nie zum Tragen kam. Deshalb vermag ich auch keine Auskunft darüber zu geben, wie es meinem Gefährten in dieser Nacht erging, denn ich schlief so gut wie in meinem Bett. Und noch im Dunkeln hörte ich vogelfrüh dieselben Piepser, die auch mein Wecker von sich gegeben hätte, doch fühlte ich mich, da Gast, nicht zuständig und wäre wohligst noch lange auf der Seite liegen geblieben wie eine Flunder. Salsa jedoch zog die Decke weg und hing sie aus dem Fenster, als müsse sie eine Luftdusche nehmen, gleich wie er, der sich gerade zuvor 5 Minuten unter der Brause abgerieben und so in fürchterlicher Nüchternheit, Geschäftigkeit und Aufgeräumtheit den Beginn eines neuen Arbeitstages eingeleitet hatte und zusätzlich den Morgen danach und so lag ich ziemlich konsterniert noch einige Minuten trotz beginnender Verkühlung in meinemseinem Bett, bevor ich den Entschluss fassen konnte, sicher nicht zu duschen, allein um diesem Jetzt-herrscht-der-Morgen-und-eine-andere-Gangart-Gehabe etwas entgegenzusetzen. Salsa zeigte sich wortkarg und gänzlich bar aller Romantik und tat, als müsste dies automatisch so sein, damit ich mich ja nicht getraue, ihn anzusprechen, zu berühren oder um eine Erklärung, geschweige denn Unbeschwertheit zu bitten. Verwirrt, ein bisschen kopflos, setzte ich mich an den Küchentisch, wo der portionierte Kaffee mit der verlangten Milch auch schon meiner harrte und jeder Gesprächsansatz sogleich gestaucht und verkrüppelt wurde. Also, ich hatte mich zu beeilen, das war die Durchsage und da ich mich verkühlt hatte, war ich froh, in den Mantel zu schlüpfen und mit ihm auf den Flur hinaustreten zu können. Mir waren die Worte ausgegangen und Salsa war mit der Zukunft beschäftigt, auf jeden Fall nicht gegenwärtig.

Allein ich verstand die gesamte Situation nicht und hätte doch stehenbleiben und fragen und erst einmal ankommen müssen, in diesem Tag, der sich so geschäftig und hell gab, als ginge es auch ohne mich; aber er sollte mich mitnehmen, ich wollte mitgenommen und getragen werden durch die kommende Zeit, gerade wie ein Schatzkästlein, anstatt zu versinken wie ein weggeworfener Schatten im Gleißen der Sonne.

KONTAKTBLUTUNG

Ich beginne mit dem berühmten Bild, das in vielen Erinnerungen verhakt ist wie Maschendraht, in welchem er schon am Bettrand sitzt und sie noch liegt, allenfalls von Deckenfalten bedeckt, und er unter Umständen bereits in Unterhosen und Fremdländer lief nie nackt durchs Zimmer oder in die Küche, er zog die Unterhosen über und holte uns Wasser und ich blieb dann meistens noch liegen, weil ich mich so, paradoxerweise, angezogener fühlte als sitzend oder stehend und genau so saß er auch, ja jetzt kommt's mir wieder, in weißen oder schwarzen Hosen, nach der ersten Umarmung, nachdem er sich an meinem Unterleib zu schaffen gemacht hatte und halb neben, halb auf mir gekniet hatte und plötzlich meinte, hier habe es Blut und zwar ganz viel. Ich machte mir gar nicht die Mühe groß hinzusehen, denn sowieso sah ich scheußlich schlecht im Dunkeln, aber gewiss, es war ja auch nicht mein Bett und Bettzeug; ich stieg nur über ihn hin, um auf die Toilette zu kommen, die grausam nah beim Bett war, überhaupt war mir alles zu eng, in diesem Zimmer mit den zwei angehängten Nasszellen, zum Kochen und Kacken. Beim Pinkeln stießen die Knie fast an die Wandkacheln, irgendein geschmacklos deprimierendes Mittelgelb wie Zitronen in Milch. Es irritierte mich stark, wenn ich beim Pinkeln gehört werden konnte, ich konnte dann nicht richtig laufen lassen und dachte angestrengt an die Japaner mit ihren Geräusch-Klos, auf denen man jedes beliebige Geräusch mit jedem beliebigen Geräusch übertönen konnte. Statt einer Spülung hörte man dann also Wagner und statt einem Plumps die Wale singen. Aber jetzt musste ich ja gar nicht pinkeln, ich wollte nur schauen, ob ich aus dem Innern blutete, aber da war nichts, nur noch ein bisschen Spuren auf dem Papier und Zeit war es ja auch nicht dafür, ich stand damals unter Pille und folglich waren meine Tage genormt. Also putzte ich mir noch ein bisschen Schleim weg und versuchte, möglichst geschwind zurück unter die Decke zu kriechen, wenn auch ausgesetzt den misstrauischen Blicken Fremdländers, der meinte, eine Erklärung verdient zu haben. Mittlerweile hatte er auf Hinternhöhe Handtücher platziert und schien auch sonst abgekühlt. Aber das machte mir nicht im Geringsten was, denn ich war ihm ja nicht ausgeliefert und vollauf zufrieden mit einer Umarmung der oberen Extremitäten. Ich konnte ihm keine Erklärung liefern und überging die Windeln regungslos, die er mir halb im Schock, halb überspielend tatsächlich angeboten hatte. Jemine, warum ausgerechnet Männer, dachte ich, die ansonsten nie genug für Körpersäfte sein können, warum gerade die immer Riesenprobleme mit Blut haben müssen, obwohl mir das doch der sauberste und appetitlichste von allen zu sein scheint. Blut hat immer eine schöne Farbe und sieht irgendwie edel aus. Wenn Blut fließt, tun einem die Träger leid, das ist richtig, aber man ekelt sich nicht. Die Träger tun einem leid, vor allem, wenn es Tiere sind, die eben nicht wissen, was abgeht und nur hilflos daliegen und sich gerne lecken würden. Aber Männer ertragen keinen Fingerhut voll Blut, ohne ohnmächtig oder hysterisch zu werden, nach einer Bahre zu schreien oder auf Klinikböden zu sinken. Alles schon erlebt.

Nun, aber Fremdländer konnte ich das aufgrund der Sprachbarriere schlecht ins Hirn reiben und schon gar keinen Erguss über die Durchblutung von Schleimhäuten absondern und arrogant werden wollte ich auch gerade nicht und daher erklärte ich mich ebenfalls für ratlos und schloss jedenfalls eine Entjungferung aus.

Zum Wort Kontaktblutung fand ich erst Jahre danach und zwar durch eine befreundete Ärztin, die vorgab, andauernd welche zu haben, und das mit solcher Beiläufigkeit erwähnte, dass ich daraus schloss, es sei medizinisch mindestens so normal wie zu menstruieren und jeder Typ, der mit einem schlafen wolle, müsse das halt in Kauf nehmen, darüber verlieren wir nicht einmal Worte. Solche Nüchternheit in Sachen intimster Kalamitäten fand ich ausgesprochen befreiend und ich schwor mir, sollte wieder einmal vögelnderweise Blut fließen, meinem Partner das Wort Kontaktblutung nur so an den Kopf zu klatschen.

Dieser Fremdländer war tatsächlich ein bisschen verliebt in mich und hatte mich schon einige Male ausgeführt, wobei das heißt, meistens in seinen eigenen Laden, ein gar nicht so kleines türkisches Restaurant, ziemlich zentral und auch die Küche nicht übel und ich schwelgte dort immer in Rosinenreis mit Joghurt und Spinat und hätte auch wenig dagegen gehabt, hätte Fremdländer nie weggekonnt, weil einfach zu viel lief und die Teens und Twens die Hütte stürmten mit Sternchen auf den Backen das eine, mit ölig schwarzem Haar das zweite Geschlecht. Auch musste ich nie alleine am Tisch sitzen, denn wie das so ist bei Fremdländern sitzt immer ein Freund und Kollege auch schon da und kommentiert oder auch nicht, auf jeden Fall akzeptiert er dich als Freundin, was gar keine Frage ist. Und eigentlich hätten wir es bei den ausgelassenen Abenden bewenden lassen können, was mich betrifft, denn ich fand ihn zwar in allem das Gegenteil von abstoßend, aber das muss nicht gleichbedeutend mit anziehend sein, wie ja auch das Gegenteil von primitiv nicht zwingend kultiviert heißen muss. Will sagen, ich konnte gar nichts gegen ihn haben, nur dass wir einfach weder Draht noch Sprache zueinander fanden, und das nicht bloß, weil er Fremdsprecher war, sondern weil ich in einem Denk- und Sprachwald zu Hause war, in dem die Bäume dichter standen und dunkler schienen als Tannenhonig. Längst nicht immer warteten wir die Sperrstunde ab, Fremdländer konnte durchaus übergeben und mit mir oder uns ausgehen und dann tranken wir meist noch irgendwo Champagner, wo man sowieso nicht zusammen reden konnte, allenfalls knutschen, und wo Fremdländer immer wie Fremdländer behandelt wurden, egal wie viele Sektkübel sie auf dem Tisch stehen hatten. Ich meine, ich ging nicht ungern mit ihm ins Bett, aber mir fehlten die Höhepunkte und damit meine ich jetzt auch nicht bloß Orgasmen, vielmehr ein Begehren, das mich wach und aktiv gemacht hätte. Das erste Mal, als wir zusammen ausgingen, lud er mich zum Chinesen ein, seinem

Lieblings-Chinesen und ich bekundete beinahe schon diebische Freude an dem Gläschen Pflaumenschnaps, der so gut mundete wie kleinen, unerfahrenen Kindern süßer Hustensirup. Fremdländer hatte sich extra freigenommen, seit mehreren Wochen der erste Abend, und sich in einen pflaumenfarbenen Anzug geworfen, den ich für unbeschreiblich halte.

Ich ließ ihn von seinem Betrieb erzählen und wie er sich da verheizen lasse und wie natürlich wusste er bis zum Schluss nie, was ich so triebe, was mich umtriebe. Aber ich musste längst nicht mit allen über mich gesprochen haben, ich vergnügte mich tatsächlich auch so.

Wir zogen uns dann aus in seiner Studiowohnung, also nicht wir zogen einander aus, sondern ich zog mich aus, er zog sich aus, wir zogen uns aus. Manchmal hilft es, sprachlich präzise zu arbeiten. Ich bekam dann noch Wasser angeboten und Raki, den ich allerdings nur meinen Lippen zu kosten gab. Ich verabscheute alles Anisige konsequent seit Babybeinen und fand es unbegreiflich, wie ganze Kulturnationen von Franzosen und Türken und Griechen solchem Gesöff verfallen konnten. Fremdländer trank nie Wasser mit Kohlensäure, da sich das Blubbern im Bauch fortsetzen würde. Und ich stelle auch hier wieder fest, dass immer wenn einer kategorische Aussagen über sich in den Raum stellte, also eine Ich-Aussage mit einem Nie verband, mir solche nie mehr aus dem Kopf ging, bis ans Lebensende.

Darum erwähne ich hier auch gerade noch, dass Fremdländer behauptete, nie im Leben zum Arschficken verführt werden zu können: „Also das ich mache nicht." Denn jedes Loch habe eben seine Funktion und das Loch zum Vögeln sei nun mal vorgegeben und damit sei's auch genug. Ich hätte ja gern gekontert, dass auch ein Mund primär als Instrument zur Nahrungsaufnahme dient, aber ich saß für einmal aufs Maul. Nie wäre es mir in den Sinn gekommen, mir darüber Gedanken zu machen, wofür Löcher zuständig sind. Natürlich amüsierte es mich darüber hinaus, wie sich jemand theoretisch zurechtlegte, wofür er praktisch nicht zu haben war, ohne das geringste Experimentchen gewagt zu haben. Ich jedenfalls gluckste, auf dem Rücken liegend, in mich hinein und gab mich meinen Fantasien hin. Denn obschon mich Fremdländer penetrierte und zungenküsste, umgab mich stets eine hautdünne Folie, die mir es erlaubte, woanders zu sein.

Wie vorauszusehen lief sich die Geschichte nach ein paar Monaten tot, Fremdländer telefonierte dann noch beharrlich, wenn auch in größer werdenden Abständen. Er hatte sich ein neues Lokal gemietet, in dem ich ihn einmal noch aufsuchte, zusammen mit einer lebenslustigen Freundin. Das Publikum war ein völlig anderes: ortsansässige Alkoholiker mit braunen Pullovern überm Bierbauch, alles in allem ein ernüchternder Anblick. Ich trat nach draußen an allen Fremd- und Inländern vorbei.

LAVENDER HILL

Am ersten Abend saßen wir in einem Pub in der Nähe von Cutty Sark, aber es war noch nicht wirklich Abend, noch nicht so Abend, dass auch der Engländer ins Pub geht und so hatten wir manchen Tisch zur Auswahl und manches Bier. Es schmeckte noch ein bisschen zu sehr nach Ammoniak und ausgenüchtert und für ein Pub war die Helligkeit eindeutig zu grell, als wäre das dunkle Holz ohne Sonnenschutz. Burbury und ich bestellten ein ziemlich langweiliges Bier, ein durchschnittliches Stout, es kam in riesigen Zylindern und war knapp über eiskalt. Meinen Gedärmen war beim ersten Schluck schon klar, dass sie nun arbeiten müssten. Träge Tage ade. Dazu riss Burbury ein Päckchen Nüsse auf, die sie zuvor in einem indischen Geschäft ergattert hatte, in dem auf jedem Produkt „organic" geschrieben stand und ich wieder nur hinterhergetrottet war und Burbury wie immer etwas gekauft hatte, ich wusste nie, kaufte sie, um ein Andenken zu besitzen, um den Ladenbesitzer nicht zu demotivieren, um sich selbst zu trösten oder um mich zu kompensieren. Vielleicht machte ihr zu kaufen einfach auch Spaß, wohingegen ich mir vielmehr einen Sport daraus machte, zu verzichten, weniger um zu sparen, sondern um der Versuchung zu widerstehen. Eines Tages wollte ich, um meine Meisterschaft im Verweigern unter Beweis zu stellen, gar mit gültigen Gutscheinen in die Geschäfte gehen und doch nichts erwerben, nichts einlösen. Einfach wieder hinausschlendern, flanierend.

Eine richtig indisch-organische Nuss nun ist selbstverständlich in Curry paniert worden, in roten und gelben Gewürzen der schärfsten Sorte, vom Salz als Grundlage ganz zu schweigen. Diese auf den Tisch rollenden Nüsse schmiss sich Burbury handvoll in den Gaumen, wie ich sie noch nie etwas sich einverleiben gesehen hatte. Rapide und mechanisch verschwanden die kugligen Dinger und vergaß Burbury sogar das Nachspülen, ganz im Gegensatz zum eher gemächlichen Ich. Solche Gier fand ich überaus fesselnd und machte Burbury zum Objekt meiner Beobachtung. Hastig essende Menschen schienen mir schon immer interessant, ich fragte mich von klein auf, was sie mit all der Zeit danach anfingen. Wie vorauszusehen beließen wir es nicht bei einem Stout, trotzdem empfing uns noch das Tageslicht, als wir aus dem Pub traten. Nun ja, es lassen sich in London außer Biertrinken noch ein paar andere Dinge anstellen, damit hatten wir kein Problem. Wir standen vor dem eiskühlen Gherkin auf dem menschenleeren Platz und fühlten uns wie auf einer Raumstation und erst später trieb ich Etymologie dahingehend, dass Gherkin, die Einmachgurke also, wohl von den deutschen Gurken abstamme, görke, görken, görkn usw. Echt schade, dass nicht mehr deutsche Wörter den Sprung ins spaßige Englisch geschafft haben.

Am nächsten Morgen musste ich mich zu Burbury ins Bett legen, da sie durchaus nicht zum Aufstehen zu bewegen war. Sie habe die ganze Nacht geschissen und hoffe nur, der Gestank sei für mich erträglich gewesen, denn wir teilten zwar nicht dasselbe Zimmer, aber doch ein- und dasselbe Bad, das schmal und länglich gewunden war, über genügend Streichhölzer verfügte sowie über ein Fenster. Ich konnte mich also nicht beklagen. Auch war mir die Angelegenheit nichts weniger als schleierhaft: Burbury hatte ihrem ebenso gehätschelten wie empfindlichen System mit den würzigen Nüssen und dem eisigen Bier klar zu viel zugemutet, während meines an allerlei Eskapaden gewohnt war und gegen solche Lappalien immun. Burbury rühmte bei solcher Gelegenheit ihre Familie, die für gewöhnlich nach Kotzan- oder Durchfällen sich gleich wieder an den Tisch setzte und den Teller leer aß. Mir kamen verschiedene Tiere in den Sinn, die ähnlich gestrickt schienen. Konnte ich sie aber in einem Londoner Keller liegenlassen und selber auf die Pirsch gehen? Auf alle Fälle konnte ich das und ich hätte Burbury auch etwas Nettes von meiner Erkundigung mitgebracht, aber sie kämpfte sich hoch und machte ihre Morgentoilette, um mich schleppend und matt zu begleiten, mich, die ich vor Energie strotzte und Marschlust. Da sie wenig lamentierte, sondern nebenher trabte wie ein Kind, das am liebsten mit dir zu Hause bleiben möchte, am zweitliebsten mit dir rausgehen möchte und am überhaupt nichtliebsten alleine zu Hause gelassen werden will, drosselte ich mein Tempo selten und verzichtete sogar auf einen Fahrstuhl, um durch einen berühmten Spiralaufgang am Ende eines Tunnels ans Tageslicht zu gelangen. Burbury, von Natur aus dürr und lang wie eine windgepeitschte Bohnenstange, legte den Oberkörper immer ein bisschen vor, um noch mithalten zu können und ich musste ihre Zähigkeit, angesichts einer Tagesration von zwei Portionen Tee, anerkennend attestieren. Abends aßen wir bei einem semi-vornehmen Italiener, nachdem uns das führerseitig anempfohlene Fish-and-chips-Pub keine Plätze mehr anzubieten hatte. Hier versuchte ich mit Burbury ein ernsthaftes Gespräch zu führen, z. B. über meine Literatur, das noch nicht einmal das Anfangsstadium überleben sollte. Kaum angetrunken fuhren wir einmal mehr mit der U-Bahn zu unserer Kellerwohnung auf dem Hügel, vorbei an so berühmten Punkten wie Paddington Station und Baker Street.

Da wir gerne U-Bahn fuhren und diesbezüglich überhaupt alles toll fanden, was wir bei einem vergleichbaren Transport-System zu Hause als massenhafte Desorientierheit und fürchterliche Zusammengepferchtheit entschieden gebrandmarkt hätten, zog es uns bald in die vornehmen Außen-Quartiere, denn nur für diese konnte man eine Stunde sitzen bleiben von Nord nach Süd und zurück. Das Gleiche gilt selbstverständlich auch für Heathrow, was die Ost-West-Achse betrifft, aber ein Flughafen schien uns das Anti-Ziel schlechthin zu sein und wir strichen es somit von der Liste. Gerne flanierten wir durch Hampstead auf und nieder und besuchten DEN Teeladen und besuchten DEN Delikatessen-Laden und besuchten DIE Vollwert-Bäckerei. Ein wenig kamen wir uns dabei vor wie im Dornröschen-Land, in das man sich verheddert und verzettelt und wartet auf den süßen Kuss, der einen herausführt. Einmal gab uns diesen Sigmund, dessen Museum in einem weniger betriebsamen Bezirk liegt, so dass die Vorgärten und Rosenstöcke jedem eine balsamische Ahnung von

Frühling schenkten, egal wie viel Kälte hinter jeder Hausmauer eingeschlossen lag. Besagtes Museum entsprach uns wenig, wir empfanden es als staubig und abgeschmackt und hätten uns gar ein paar fette Schinken von Lucian Freud an den Wänden gut vorstellen können, das hätte der Muffigkeit, die über dem zerlegenen Sofa und den zertretenen Teppichen hing, weiß Gott gut getan. Die schweren Kordeln in angegrautem Weinrot, die den Bereich zum Allerheiligsten abtrennten, schwangen unwahrnehmbar wie Magnete, um nicht zu zerfallen. Wieder auf dem Weg in die Stadt beschrieben wir U-Bahn fahrend eine Karte, auf deren Vorderseite zu lesen stand: IWENTTOLONDONANDITRAINED, welche Runen mein Hirn folgendermaßen abtrennte: I WENT TO LONDON AND I TRAINED, weil mir dies von der Satzanalogie her weitaus besser gefiel als das doch eher enttäuschende: I WENT TO LONDON AND IT RAINED. Weiterhin schrieb ich auf die Karte nur, was mir gerade so einfiel und bemühte mich nicht im allermindesten, originell zu wirken, ganz im Unterschied zu Burbury, die praktisch bis in die City hinein an verkrampften Grußformeln herummachte, als würde man sich damit selbst preisgeben. Ich ließ währenddessen meine Gedanken hängen und war plötzlich alleine unterwegs in einem eher noch mittelalterlichen, vielleicht schon viktorianischen London und streunte in einem wenig urbanen Viertel an zwei aufeinanderfolgenden Tagen umher, zwischen denen ich wieder nach Hause flog, um wieder erneut anzureisen und es ist mir die Idee, statt des Tickets ein Hotelzimmer zu kaufen, einfach nicht in den Sinn gekommen. An einem dieser Tage treffe ich einen schlaksigen, etwas ungepflegten, mich nicht wirklich anziehenden jungen Mann, der sich mir aber anhängt und auch mitkommt zu meinen Londoner Bekannten, um eventuell bei ihnen zu übernachten. Diese Idee verflüchtigt sich aber wieder, da die Räume schon mit allerlei orientalischen Kissen und Ketten vollgestopft sind und er kaum Platz findet, um seine bündelweisen 50-£-Scheine zu zählen, was er tatsächlich mit Liebe ein ums andere Mal tut, auf dem Boden sich hinkniend wie ein Mohammedaner beim Gebet. Auch bei ihm fällt es uns nicht ein, dass ein Hotelzimmer doch das Naheliegendste wäre, es ist, als dürfte man an keinem fremden Ort verweilen. Burbury rüttelte mich kurz vor Covent Garden und wir stiegen aus, um puppige Souvenirs zu erschwingen.

Den nächsten Tag fuhren wir nach Whitechapel und fanden uns plötzlich in Bengalien wieder. Kaum kletterten wir aus dem Untergrundloch hoch, schwirrte uns überall diese girlandige Schrift vor Augen, verkauften indisch aussehende weißgekleidete Männer und Frauen in blau-rosa Seiden-Saris geschäftstüchtig ihre Ware. Von dieser Emsigkeit wurde man sofort fortgetragen und die Straße entlanggeschoben wie auf einer Rollbahn. Burbury hatte sich schnell sattgesehen und hielt verzweifelt nach einem Cab Ausschau, das uns zurück nach Europa bringen sollte. Es fuhr uns jedoch zu einer stillgelegten Brauerei, in der nun Kultur herrschte und Markt und in der Burbury mir eine bonbonbunte Handtasche kaufte, zu der ich mich nach langem Zögern genötigt fand. In der Regel genügte es mir festzustellen, was ich mir kaufen würde, wenn, ja, wenn ich eben kaufen würde. Ein hypothetischer Zirkel.

Bei nächster Gelegenheit kaufte ich mir einen Zwiebel-Bagel in einer gefliesten und gekachelten, leicht marode anmutenden Bäckerei, von dem Burbury auch das kleinste Zipfelchen nicht probieren wollte, manchmal aß sie bis zum Abend nichts außer Wasser, das sie immer bei sich trug im Fläschchen in der Handtasche, wie andere ihren Asthma-Spray. Nicht jedoch an dem Tag, als wir beschlossen, ein Picknick auf Hampstead Heath zu veranstalten und dafür am Vortag bereits auf jedem Markt einkauften, was uns in die Hände fiel. So hatten wir allerlei kleine Pastetchen mit Pilzen und vielem mehr gefüllt, eine Käseauswahl und nicht zuletzt eine honigsüße Melone, die alles ganz köstlich abrundete, auch wenn sie uns mit klebrigen Fingern zurückließ auf dem äußerst gepflegten Rasen knapp unterhalb Kenwood House, der so ebenmäßig gemäht war, dass darüber zu streichen mit den Fingern, diesen tatsächlich Wollust verschaffte. Auf dem Rasen knapp unterhalb Kenwood House, auf dem wir uns so breitgemacht hatten, als wären wir die Herrschaft und hießen Celia und Dorothea.

Am dritten Abend redeten wir bereits von unserem Quartier auf dem Hügel, wir wussten, Chelsea war nicht weit und Battersea lag nahe, aber wir wollten doch lieber in der Nähe bleiben und gingen in das Pub, das unserem Keller gegenüber lag und sich selbst ein Castle rühmte, obschon es viel mehr einer Geisterbahn glich. Daran störten wir uns nicht, wir bekamen unser Bier an der Bar und betrachteten verwundert die alte, übergewichtige Irre auf Ballerinas, die sich hinter und an einer Soundanlage zu schaffen machte, als könnte sie davon die geringste Ahnung haben. Aber sie belehrte uns eines Besseren, denn das angekündigte Karaoke wurde von ihr mit solcher Meisterschaft und Vollmundigkeit geführt, dass wir uns an unseren Gläsern festhielten und allen Spott ins unterste Loch verbannten. Burbury überlegte sogar, mit einem Song teilzunehmen, hatte jedoch neben all der begeistert sich vordrängenden Jugend und Halbjugend keine Chance, wahrgenommen zu werden. Die Irre kommentierte sämtliche Darbietungen vorher und während und nachher in einer Sprache, die wir frühestens nach zwei Stunden als Englisch identifizierten, nachdem wir zuvor auf bereits ausgestorbene Sprachen zurückgegriffen hatten.

Sprachlos ließ uns auch Elvis zurück, der sich ein Bier geben ließ, kurz mit der Irren verhandelte und alsbald Love me Tender sang, als wäre er es buchstäblich selbst, nur um danach ungerührt wieder hinauszuschlendern, noch auf dem Höhepunkt des frenetischen Gejohles, so als hätte er bloß seinen Hund Gassi geführt. Perplex, leicht angeheitert beschlossen wir, keine weiteren Glanzleistungen abzuwarten und gingen durch die sanfte Nacht nach Hause, beschwingt, als spürten wir weder Gewicht noch Widerstand.

MEIN ERSTER PORNO

∾

Meinen ersten Porno sah ich vergleichsweise früh. Zumindest nach damaligen Maßstäben. Das darf man mir, oder uns, ich war ja nicht alleine, aber nicht übelnehmen, verbrachte ich doch meine geschlagene Pubertät in engster Nachbarschaft zu einem Pornokino, davon abgesehen in einem zum Speien anständigen Viertel, so anständig, dass man die alten Vetteln immer schon geifern hörte, wenn man das Wort Onanie ganz eng bei sich dachte. Natürlich kam sich ein Sexkino in solch einem Viertel gottverlassen vor. Trotzdem erhielt es regen Zulauf. Immer wieder sah ich einzelne Männer, hauptsächlich mittleren Alters, die vier Stufen zur Kinokasse hochtraben, so als würden sie gerade dynamisch einen Konzern leiten oder gerade zu einer wichtigen Sitzung joggen, die ohne sie so gut wie gegenstandslos wäre. Die meisten kamen wohl tatsächlich von der Arbeit und drückten zwischen Bürostuhl und Eigenheim noch etwas unter den Gürtel, das sie tatsächlich interessierte. Von meiner Lukarne aus konnte ich die Ein- und Ausgänge beobachten, aber natürlich nicht das Innenleben des Kinos. Zumindest sah es so aus, als ginge man ins Pornokino einzig einsam, nie gemeinsam. Das beschlossen mein Freund und ich zu ändern. Er war zwar keine Jungfrau mehr auf diesem Gebiet, aber gab vor, nicht sehr erfahren zu sein. Und ich, ich wollte den Spaß einmal gesehen haben. So gingen wir, vielleicht in etwas aufgesetzt wirkender Blödellaune, den nächsten Samstagnachmittag zur besagten Kinokasse, ignorierten zuerst die verstimmte Kassiererin, die spürte, dass wir nicht mit der gebührenden Hemmung auftraten, sowie dann auch erfolgreich den Unmut der größtenteils asthmatischen Mitzuschauer, die sehr richtig in uns ihre Zuschauer erkannten, die verborgene Seiten lasen ihres besudelten Seelenbuches. Wahrscheinlich verdarben wir dem einen oder andern den Film, was uns jedoch ohne Skrupel zurückließ angesichts der mageren Qualität des Dargebotenen. Selbstverständlich gibt es anspruchsvolle Pornographie, aber wohl eher auf dem Papier. Nun ist die Handlung eines Pornos schnell erzählt, denn es kann nur darum gehen, immer neue Szenerien für den immer gleichen Ablauf zu finden und diesen Ablauf dann so zu strecken, dass die Erotik, die Begierde, die Geilheit nicht verloren gehen und trotzdem ein Zwei-Stunden-Film heraus-schaut. Am ehesten erinnere ich mich noch an die gelangweilte Industriellengattin, die in gigantischen Schaumbädern sich ihren sexuellen Fantasien hingab, bis ihr schließlich Einbrecher oder gar das Dienstpersonal jeden Wunsch von vorne bis hinten er-füllten. Mehr amüsierten mich allerdings die drallen Blondinen mit Mittelscheitel und zwei dicken Zöpfen, die sich plappernd am Bassinrand tummelten und nicht wirklich daran interessiert schienen, wer sich gerade an ihnen verging, was denn auch in flotter Abfolge geschah. Ich dachte, als Pornoregisseurin hatte man auf jeden Fall den Riesenvorteil, dass man sich nicht um Über-leitungen zu scheren brauchte; man klebte einfach Episode an Episode. Ich zog dieses Berufsbild fortan in Betracht. Mein Freund und ich hatten alle Hände voll zu lachen und waren gleichwohl ein bisschen geniert, da uns nicht klar war, wann wir das Kino wieder zu verlassen hatten. Wir waren etwas konsterniert über das nun nicht gerade ständige, aber doch regelmäßige Kommen und Gehen und darüber hinaus lässt einem ein solcher Film ja auch im Unklaren darüber, ob, wann und wie er sich dem Ende nähert. Und so beschlossen wir, vielleicht nach einer Stunde oder anderthalb, auch aufzustehen und uns ein wenig betreten zu ent-fernen. Das Naheliegendste schien uns dann, in mein Zimmer mit der Lukarne zu gehen, um in meinem großformatigen Bett zu üben und nachzustellen, was wir uns mit den Augen soeben einverleibt hatten. Wir unterließen es jedoch, den Film noch ein-mal anzuschneiden. Es durfte nicht sein, dass wir seiner bedurften. Und dann schlief ich ziemlich tief und ziemlich lange in einer pastelligen Kissenlandschaft mit auf und ab wogenden Träumen.

MIT RENÉ IN RONCO

❧

Mit René in Ronco war nicht so einfach. Ständig hatten wir
auf seinen empfindlichen Magen zu achten. Das ging so: Immer
wieder, in allerhöchstens 5-stündigen Intervallen, mussten diesem
kleine Portionen zugefüttert werden. Auch waren wir nicht nur
in Ronco; nein, wir pickten die Perlen aus dem Tessin.

Stationär in Ascona, wirklich kein schlechter Ausgangspunkt,
als Nest bestens geeignet, um davon auszufliegen. Ascona selbst
hatte man in einer Viertelstunde gesehen, der Rest nannte sich
Aussicht. Denn auch den Monte Verità, den ich mit René hoch-
fuhr, da sein runtergearbeiteter Körper für Leibesübungen nicht
mehr zu haben war, durfte Ascona nicht für sich reklamieren.
Der Berg stand eben für sich.

Leibesübungen auch anderer Art waren René schon länger
abhandengekommen. Das letzte, schreiende Telefonat mit der,
die ihn zum Witwer gemacht hatte, kreiste um das Thema der
Impotenz, wenn auch fahrig und in Ausbrüchen schwankender
Artikulation, im Hintergrund begleitet von Renés herabspielendem
Gelächter. Immer denke ich mir, es muss einer zuunterst in der
Seele verletzt sein, spielt er etwas so herab.

Ich kam mir sehr alt vor in diesen Tessintagen, da ich ständige
Beifahrerin in einer automatisch geschalteten Karosse war, mit
Beinfreiheit zum Verschwenden; wir fuhren noch den letzten
gepflasterten Meter.

Zum Beispiel einmal ins Verzasca-Tal, vorbei an der Staumauer in den Wald hinein, der sich großartig alles zurückholte,
überwucherte wie in einer wilden Fantasie. Zum Teil ragten
noch die steilsten Hausmauern und Kirchtürme aus dem Wald
empor, alte, simple Steinwände, aus deren Ritzen und Rissen es
zweigte und spross. Wohl früher oder später zwängten sich Stämme

durch Dächer. Ich bekam einen Eindruck vom sich immer fort-
zeugenden Urwald und war tief beruhigt. Wald würde weiter
wachsen. Uns zum Trotz.

Wir fuhren so hoch und tief ins Tal wie nur möglich. Bei der
letzten begehbaren Station mit Parkplatz vertraten wir uns ein
bisschen die Beine und schauten uns das kleine Gehöft an, das mit
dem üblichen alternativen Aussteigerfamilie-Tierpark aufwartete:
ein Hühnerhof, alles andere als fuchsrobust, ein bisschen exotisches
Geflügel, Wachteln und Perlhühner gern gesehen, die unvermeidlich dümmsten Schafe, ein Schwein. Alles quiekte, blökte,
grunzte, gackerte und tirillierte undirigiert, allenfalls in Schach
gehalten vom obligat struppigen Höfchenhund, der gerne eine
Sie war. Das zweite, längliche Gebäude, dem Parkplatz ähnlich,
war ein Sommerrestaurationsbetrieb, innen zu sitzen wäre ver-
brecherisch gewesen gegenüber der Aussicht, folglich im Winter
geschlossen. Wir goutierten ein Käseplättchen, nicht zu viel, nicht
zu fett, schön langsam. Seltsamerweise fand ich immer etwas zum
Reden mit René, ohne große Anstrengung. Fragte ihn auch gerne
ein bisschen aus, immerhin hatte er ein paar Reisen unternommen,
noch mehr Krankheiten überstanden. Hinzu kommt, ich fühlte
mich der Unterhaltung verpflichtet, als Lückenbüßerin mit von
der Partie für die, die ihn zum Witwer gemacht hatte. Einmal
hatten die zwei von Philipp Morris eine Woche New York ge-
wonnen, beides lebenslange Raucher, das sie unisono freiwillig
nicht wieder besuchen würden. Als wir das Verzasca-Tal verließen, bekopfschüttelten wir Bungee-Jumping an der Staumauer.
Bezüglich Verrücktheiten waren wir uns völlig einig.

Wir besichtigten die Brissago-Inseln, die mir kleiner und nicht
so wichtig vorkamen, wie überall vollmundig angekündigt. Ich
hatte mehr den Eindruck eines opulent hergerichteten Früchte-
korbs, war zudem an schöne Gärten gewöhnt und meistens grünte
es sowieso um mich. Der Ausflug nach Ronco war eher mein
Leben. Auf dem Friedhof balgten sich berühmte Wort- und Bild-
künstler um die besten Plätze. Wir waren notabene zu Fuß unterwegs, da es treppchenauf, treppchenab ging, unentwegt. Ronco
ohne Aussicht existierte nicht. Dies ein Satz im Konjunktiv II,

nicht etwa im Präteritum. An solchem Ort verschmilzt alles zu Aussicht und Lage. Andere Orte sind selber schuld, nicht an einem See geboren worden zu sein.

Am meisten jedoch entsprach mir der Ausflug ins grenznahe Cannobio. Italien hatte sich mir seit eh angeboten, anschmiegsam, lachend, wie eine Einladung. René war die italienische Aussprache so fremd wie alles Fremde. Also betonte er Cannobio am falschen Ort, zudem wie geschrieben mit Doppel-p. Infolgedessen aus dem Städtchen ein hüpfender Fußball ward. Wir saßen auf dem Dorfplatz in diesen metallgewundenen Stühlen und wussten mit einem Schlag, was es heißt, Leben in sich einzusaugen; wie durch den Strohhalm einen Cynar, Ramazzotti, Campari. Man stelle sich vor, diese Sprache gab sich noch bei den Aperitifs Mühe, klangvoll zu tönen. Die farbenfroh abblätternden Eisentischchen fand man zu Hause nur noch beim Brocante; Worte so überflüssig wie der See gleich nebenbei.

Die, die ihn zum Witwer gemacht hatte, wählte als Todesort ebendieses Ascona sowie als Todesart den abrupten Herzstillstand am Swimmingpool ebendieses Hotels, in welches mich René eingeladen hatte, aus Verflechtung mehr der Hotelbesitzerin denn mir gegenüber. René lag bereits oben im Zimmer, während sie vor nicht zu verachtender Landschafts-Kulisse ein letztes Mal erfolglos nach Luft schnappte, ein eiliges Hin und Her beim hochalarmierten Hotelpersonal auslösend. Als der Signore und frischgeschöpfte Witwer schließlich nach unten kam, war der Notarzt auch nicht fern, doch konnten beide gleich viel ausrichten bei ihr, die der Sommerhitze erlegen war, die zusammengekauert verharrte wie ein geschnürtes Päckchen, in deren knorplige Hände gichtartig die Steifheit kroch.

So kamen Ferien unwillkürlich ans Ende. Die Rückreise mit der Frau in der Schachtel beschäftigte René noch lange, nachdem er wieder in den gewohnten Trott verfallen war, mit nur einer angezogenen und belegten Betthälfte im großen Schlafzimmer, Master bedroom, wie die Engländer sagen. Neben einer mit Plastik umhüllten Matratze zu schlafen, auf der man früher aufeinandergelegen hatte, schien mir so tieftraurig, trauriger selbst als der Todesfall.

René starb seiner Frau kurz hinterher, d. h. nicht mit dem Körper, doch mit dem Willen, dem Einsatz, der Orientierung im Leben. Er gab sich ein paar Jahre Mühe zu kopieren, was und wie es gewesen war, sei es mit neuer Besetzung, sei es als gesetzter Alleinstehender. In beiden Rollen sich als Fehlbesetzung wahrnehmend, ließ er deshalb von unten ein Krebschen wuchern, setzte von oben der Lunge zu, die bereits schepperte wie ein Konzert von Metallsalatsieben.

Doch worum es mehr geht, worum es mir eigentlich geht in dieser zersetzenden Herbstgeschichte, wäre, die Art auszuleuchten, mit der ich Renés Vorstöße traktierte, die ja nur zu Beginn und selbst da weit von offenkundig entfernt, allenfalls winterfrostig verblümt keimten in eine sexuell ambitionierte Richtung, selbst da noch zurückgebunden durch in der Erfahrung wiederholt erhärtete Zweifel an der männlichen Funktionstüchtigkeit. Männer beim Abstieg taten mir leid: Gerechter wäre es doch, Wollen und Können helixartig so miteinander zu verschlingen, dass es um sich gewunden gleichermaßen sprießen wie verderben würde. Seiner sicher, aber ohne Routine vorgetragenen Bitte, einen Beschwerdebrief in Sachen Liemen Brüder zu verfassen, um sich damit an einer Sammelklage zu beteiligen, die allenfalls einen Teil des Altersvermögens rekonstruiert hätte, seiner Bitte konnte ich nur teilweise, sagen wir zu 70 % entsprechen, indem ich eine Art Vorlage schrieb, die er noch individuell anzupassen habe. Natürlich schickte er die Vorlage telquel an den Bankenverein, der händewringend, die Hosenbeine hochgekrempelt, damit beschäftigt war, sich aus aller Schuld zu winden. Was sollte auch mein grotesk erbärmlicher Bildungs- und Schulungsversuch, dem zufolge jeder mindestens fähig sein sollte, seinen Standpunkt schriftlich darzulegen. Allerdings wäre ich nie von meinem Vorgehen abgewichen, genau hier prallte Mitmenschlichkeit mächtig von mir ab. Zudem ging ich ungefragt und parasitierenderweise gerne davon aus, dass Renés Ressourcen, gespeist aus schlanken Einkünften, nicht abnehmen könnten und jedenfalls bis zu seinem Lebensende reichen würden. Was sie ja letztlich, dank dem schweizerisch unterdurchschnittlichen Lebensalter, auch taten. Er verfügte als Selbständiger über schwankende Einkommen, was mir auch klar sein musste, dem ich jedoch geringste Bedeutung zumaß, speziell dem Ausschlag nach unten. Nie selbstverständlich hätte ich ihn um Geld gebeten, solche Unterschreitungen beging ich nicht. Doch strömte ich aus, dass meine Unterhaltung etwas wert ist, sei es den Drink, das Essen und in der italienischen Schweiz gar das Hotel. Welches ich für mich selbst dennoch nie ausgewählt hätte, nein, die Verstorbene hatte es zeitlebens und damit in alle Ewigkeit für ihn, in aller möglichen Begleitung, auserkoren und festgemacht. Ich war ja nicht sein einziger Schatten, bloß der einzig weibliche, der ihn begleitet hatte zum Ort des Ungeschehens, des Verlöschens, der Szenerie der letzten Kippe. Vor mir da waren noch ein lebenslustiger Witwer, der freudig Jubiläumslyrik verfasste sowie vortrug. Daneben Renés Gehilfe, der die Rolle des armen Immigranten verinnerlicht hatte wie sonst nichts.

René und ich pflegten eine vierzehntägliche Frequenz. Das Gasthaus durfte mit der Zeit ich bestimmen, nachdem ich in seine Vorschläge mit gedämpfter, aber zunehmender Herablassung eingewilligt hatte, bis er diesbezüglich die Waffen streckte und den guten Geschmack meine Sache sein ließ. Als René im Krankenhaus lag, erhöhte ich die Besuchsfrequenz, doch nie ließ er es sich nehmen, aufzustehen und mich in die Cafeteria zu begleiten, wo wir bei Kaffee und heißer Schokolade vegetierten, seine Entlassung herbeiredend, herumredend und tappend, nicht sicher, ob wir solcherart dem Tod auswichen oder uns. So viel wollte ich noch anfügen zu meiner Schande.

Nicht viele standen ihm übrigens bei. Die meisten wollten so oder so bezahlt werden. Neben den Ferien hatte die, die ihn zum Witwer gemachte hatte, auch die Freizeitgestaltung, die Essen, die Kontakte organisiert. Ohne sie bröckelte es an der Ruine, wo immer man von unten hoch hinschaute.

Denn meistens nehmen die sich treibenlassenden Männer Frauen zu Frauen, die nicht einfach angeschwemmt werden, sondern sich aktiv jemanden ins Boot holen. Diesem allerdings – wohl aus Berechnung – nie lehren, das Steuer zu führen. So sitzen sie nachher im Nachen und treiben ein bisschen dahin, ein bisschen dorthin, der Strömung gemäß. Bewundern das bewegte Ufergrün und wünschen schmachtend, so weit abgetrieben zu werden.

HOCHZEIT IN ENGLISH

Es kam auch zu schönen Momenten auf dieser Hochzeit englischen Stils. Zum Beispiel als ich mich in dem herrschaftlich-stilvollen, wie von einem Friseur hergerichteten Park, der einer perfekten Frisur ähnelte, physisch restlos erschöpft, darüber hinaus denkmüde, geradezu bis in die Hirnzellen ausgelaugt, auf eine einladend geschwungene Parkbank setzte und dort meinen schmalen Körper eigentlich nur ein bisschen verweilen lassen wollte, als mich dann ein in seiner formellen Art durchaus zum Hintergrund passender Herr mit ebenso angenehmer Stimme wie Akzent im störungsfreien Englisch der Region ansprach, nur um ein bisschen mit mir zu plaudern und sich die Zeit zu vertreiben. Alles an solch menschlicher Erscheinung konnte mit angenehm umschrieben werden. Er hatte auf einer anderen dieser quasi physisch in ihrer Bogenform sich anbietenden Parkbänke Platz genommen, mehr auf der Kante denn wirklich bequem sitzend, die Konversation eröffnend mit etwas Passendem aus dem Setzkasten der Banalitäten. Bis dahin hatte ich den Kopf weder nach rechts noch nach links gewandt, da Geradeaussitzen mir das energiesparendste Modell zu sein schien. Nun gestattete ich mir einen Seitenblick, um einen schlank-schlaksigen Herrn in nachlässigem Anzug in Augenschein zu nehmen, dessen Mitteilsamkeit vor meinen Augen Gnade fand. Immer würde er sich hier, im Blackthorn Hall Hotel mit seinem Geschäftspartner treffen, ein Etablissement, das für beide Herren wie mit der Nadel gestochen auf halber Strecke lag zwischen Geschäftsleben und zu Hause. Auf meine Frage, ob sie gegebenenfalls hier übernachten würden – wollte ich es für mich wissen, ob der Mann morgen, am Hochzeitstag, noch hier sein würde? –, antwortete er verneinend, immer blieben die zwei bloß auf einen Kaffee oder Drink; dem Pendenzenberg wurden sie gleichwohl Meister. Meine Augen waren mittlerweile abgewandert zu einem kleinen Vogel linkerhand, der sich auf dem Boden zwischen den Sitzbänken keck hervortat. Für ihn brauchte ich meinen Blick nicht zu heben. Smarter englischer Herr betitelte diesen als Lark, was mich in meiner Hirnschwammigkeit etwas verwirrt zurückließ, ins Schwimmen brachte, da ich auch die den Park bevölkernden Bäume, wohl fälschlicherweise, verdächtigte, Lärchen zu sein, um demzufolge mich wiederzufinden inmitten von Lärchen und Lerchen. Doch war ich ihm, wie den Männern insgesamt, stets dankbar dafür, für alles einen Namen parat zu haben, den man weiterverwenden und so ein Sprachloch mit ihm stopfen konnte. Neben viel Situationsgegebenem zum Verkehr und zu den Autofahrern Englands – sein Partner steckte auf der Autobahn fest im Stau – ergatterte ich mir Details über die Hotelbar, der ich später einen Besuch abzustatten wünschte und saß dann abends über zwei Gläsern Wein praktisch allein in diesem Edwardianischen Ensemble aus schweren Teppichen, massiven Hölzern und Aussicht auf tropfendes Grün bietenden Fenstern, in meiner Ecke erneut auf einer Bank, diesmal gepolstert, bei leicht gehobener Stimmung, dem Barkeeper in Ewigkeit dankbar, der nur kam, wann gerufen. Ich ließ den Herrn auf der Parkbank in der Folge sitzen, der Stau dauerte nun doch zu lange, vielleicht wäre ich zu einem anderen Lebenszeitpunkt mehr zum Flirten und Tirillieren bereit gewesen, und ging auf mein Zimmer, um meine Beine, die Dutzende Kilometer Asphalt hinter sich gebracht hatten, sich in der Folge kniehoch in denselben verwandelt hatten, zu strecken. Ungezählte Male hatte ich diesen Tag nach dem Weg gefragt und stets zum Verlieben zuvorkommende Auskünfte erhalten, trotzdem mich weiter im Labyrinth der Hauptstraßen und Wohnghettos verlaufen, als würden mich Papierschnitzel an der Nase und im Kreis herumführen.

Nicht wirklich komfortabel saß ich in altertümlichem Armlehnen-Sessel, meine Beine auf dessen Zwilling gebettet. Ich las ein paar Seiten wie ein Scanner, bis dann Sophia eintrat, mit der ich, ein Lichtblick, das Zimmer teilte. Sophia, eine farbige Londonerin mit mütterlichen Rundungen, die die Schweizer als slightly racist bezeichnete, tat mir balsamisch gut in meiner Misere und auf Grund dessen oder in der Folge dessen oder beides mochte ich sie mühelos. Sophia lernte Männer im Internet kennen, die sie nach drei Monaten sitzen ließen und vorgaben, sich getäuscht zu haben. Allerdings musste Sophia gleich wieder weg, um den letzten Vorbereitungen für den morgigen Tag den letzten Schliff zu verpassen. So war sie dafür verantwortlich, den Leuten in der Kapelle ihre Plätze zuzuweisen und verfügte noch über weitere Funktionen (Brautstrauß halten bei Bedarf), die einer Zeremonie immer genauso viel Wichtigkeit wie Lächerlichkeit verliehen. Ich war erleichtert, aus diesem Teil des Geschehens ausgeklinkt zu sein. Hochzeitseuphorie war nun gewiss die letzte Verfassung, die mein Korsett mitzutragen gewillt war. Mit Sophia in der Hochzeits-kapelle und Sarah und Sina ihrerseits unterwegs nach etwas Essbarem schritt ich also mit meinem Buch durch das auf den Stufen wie an den Wänden abgepolsterte, aufgeplusterte Stiegenhaus, das schachtartig verlief, hinunter in die Bar, der Raumanordnung des ehemaligen Landsitzes nach wie vor nicht Meister werdend. Dort freute ich mich dann an dem weinroten Tropfen, den ich wertschätzte als Juwel des Tages. Als Sophia von ihren Pflichten heimkehrte, lag ich bereits in oberflächlichem Schlummer unter zig gestärkten Leintüchern, wie Leichentüchern, die ich bis zum Gehtnichtmehr zu zerknautschen mir vornahm.

Ich fand die ganze Nacht nicht zum Tiefschlaf; in der Morgen-klarheit, die Sophia leider hinter Jalousien und Fensterläden aus-gesperrt hatte, horchte ich wie die ewigjunge Julia auf den Ge-sang der Lerche. Die Leichtigkeit meines Körpers wetteiferte mit der des Schlafes. Irgendwie unfassbar, mit welcher Gewissheit man immer versichert sein kann, ob die Person im Nebenbett tatsächlich schläft oder auch auf der Suche nach dem Heilmittel schlechthin ist. Sophia bildete eine solche Kuhle in der Matratze, dass man unwillkürlich an Einnistung dachte. Sicher fühlte ich mich neben ihr. Dann aber doch übertrugen sich meine wachen Vibrationen auf ihr Nervenkostüm und der Anbruch des Tags der Tage sprang ihr in den Sinn. Als Erstes, wie jeder neugeborene Mensch, überprüfte sie den Status ihres iPhones, um dessen Tod festzustellen. Jegliche Reflexe fehlten. Dies hatte auf Sophia eine ähnliche Wirkung wie ein Röhrchen Amphetamine. Ich half von unter der Decke her, so gut ich konnte, ja, bot ihr meinen Adapter an, den das Hotel gerne und großzügig für 5 Pfund an die tumben Kontinentler verkaufte. Kluge Sophia aber ging nicht mit einem Handy allein auf Reisen, Klarheit konnte nunmehr das zugehörige iPad verschaffen. Und während Sophia auf der Bettkante und letztlich erfolgreich versuchte, ein Gerät mit dem andern zu reanimieren, fiel ich tatsächlich noch einmal für halbe Stunden in einen grabähnlichen Schlummer, wahrhaftig mit den gefalteten Händen über der Brust.

War mir schon nie klar, wie sich Frauen ganze Stunden lang zurechtmachen können, nur um dann ein paar Prozentpunkte hübscher zu erscheinen als üblich, was im Laufe des Abends ohnehin schneller verpufft als die Perlen im Champagner; so sah ich folglich keine Not, mich früh fürs Herrichten zu richten, im Gegenteil konnte ich immer wieder seitenweise lesen und abschweifen. Als wir uns schließlich auf dem Parkplatz zur Abfahrt trafen, machten wir uns die üblichen Komplimente und dachten uns die üblichen Kommentare, ich habe nichts gegen Höflichkeit, sie kann ein Seelenbalsam sein. Aus Erfahrung wusste ich, dass hochhackige Schuhe und romantisch-romanisches Ambiente – mit mäandernden Kieswegen, nassem Rasen und tausende von Jahren altem, unebenem Steinboden – nicht zusammengingen und kam in bloßen Pumps daher, sehr zum Neid aller anderen Damen, die ein ums andere Mal einknickten und sich an Gattenarmen festhielten, so wie schlafende Vögel im Käfig ihre Stangen umkrallten.

Die Glocken der kleinen, schlicht-schmucken Kirche bimmelten und bammelten unentwegt, gerade als wollten sie selbst heiraten. Beim Eingang begrüßten uns die noch unverheirateten Schwestern mitsamt Mutter, ein Trio, das aus demselben Ei gemacht schien. Auch waren sie einheitlich in Ninas Lieblingsfarbe gekleidet, ein Farbdiktat, dem vom Brautstrauß über das Tischtuch bis zur Hochzeitstorte alles unterworfen wurde. Ein verwässertes Lila wies uns tagsüber den Weg wie ein Tintenstrich. Der Glockengleichklang in seinem hysterischen Hin und Her fing an, mir zuzusetzen, schließlich hatten wir uns schon längst in den Bänken eingefunden und ich war auch kaum vorfreudig auf das Brautpaar, im Gegenteil, Verdrossenheit breitete sich in mir aus. Wie sollten sie schon ausschauen? Alle jedoch benahmen sich konform und taten, als wäre eine Cinderella-Verwandlung zu erwarten. Während mir schwante, es würde alles im Rahmen bleiben: Noch nie hatte ich schließlich einen Kürbis in eine Kutsche sich verwandeln sehn. Als die zwei dann endlich durch das Mittelschiff schritten, pausenlos die Zähne entblößend, war selbst ich ein wenig gerührt, weniger wegen der sich abrollenden Inszenierung, eher weil ich ihnen wirklich Glück wünschte, dabei abstrahierend von meinem niedergeschlagenen Selbst, was selbstredend von Rührung über mein Ich begleitet war. Und vielleicht hatte ja Schopenhauer Recht, wenn er empfahl, immer nur auf die Summe von allem Glück und Leid in der Welt zu achten, statt mit seinem individuellen Anteil zu hadern, hatte man vom einen zu viel und vom anderen zu wenig erhalten. Die Zeremonienmeisterin oder Priesterin hämmerte uns in einem fort das Glück des jungen Paares ein und wie glücklich die nächsten 50 Jahre aussehen würden und wie glücklich selbst Gott über all dies wäre und erst recht die glücklichen Kinderlein, die aus dieser gottgesegneten Verbindung hervorgehen müssten und wie wir dem lieben Gott gar nicht genug danken könnten für all dies unverdiente, unerwartete, gleichwohl erhaltene Glück. Dabei wurde deutlich die Wortkombination Gott/Glück überstrapaziert.

Ich zerkrümelte inwendig. Kam mir vor wie ein toter Schwamm. Einzig beim Singen, wobei uns auch ununterbrochen Freude eingepeitscht wurde, das immerhin in schmuckem Altenglisch, konnte ich teilnehmen. Als die obligatorischen Bilder vor der Kirche dank des englischen Wetters sowie des Minimalismus des besoldeten Fotografen drastisch auf ein Minimum gekürzt wurden, fand dies nicht bloß meinen geflüsterten Applaus. Wir alle freuten uns folglich lodernd auf und über das Kaminfeuer in der Empfangshalle des Hotels, ganz zu schweigen von den – wie ich mit unvermuteter Enttäuschung feststellen musste – rationierten

Champagnerkelchen, welche Kombination mich einseitig auf den Kaminsims abgestützt vorfinden ließ, in der anderen Hand mein Glas nicht loslassend, bald in eifriger Konversation mich befindend.

Später erzählte mir Braut Nina dann, ohne Argwohn gegenüber solcher Regelung, dass pro Hotelgast drei Gläser Wein abgemacht sowie bereits im Voraus bezahlt worden waren, ohne dass allerdings ein Kompensationsschlüssel besprochen worden wäre. Will heißen, Säufer profitierten nicht von Temperenzlern, vielmehr blieben sie nach dem dritten Glas auf dem Trockenen sitzen, was unvorbereitet bei einem Alkoholiker wohl zum Schock führen mag. Solches fiel mir allerdings während des Abends gar nicht auf, da meine Trinklust nachgelassen hatte, vielmehr hatte ich Muße, mich dem seltsamen Verhalten meiner Tischnachbarin zur Linken zu widmen, die jeweils den Raum verließ, sobald ein Gang serviert worden war und exakt nach dem Abräumen des vollen Tellers wieder eintrat, d. h. soweit ich registrieren konnte – und was anderes hatte ich zu tun? – einzig und ausgerechnet die eiskugelgroße Portion Clotted cream sich einverleibte, die den Nachtisch krönte. Zu dieser Kugel bemerkte Sophia zu meiner Rechten sowie zu mir: „That's something you should eat every day", welche Vorstellung bei mir den allerersten Heiterkeitsausbruch des Tages provozierte, gleichwohl wertete ich Mousse au chocolat plus Butter als misslungen-übertriebene Kombination und gönnte mir gerade mal ein silbernes Löffelspitzchen davon.

Auf Englisch halten allein die Männer Reden. Ninabraut ordnete sich diesem Diktat friedfertig unter, sich ihrer Macht im Alltag gewiss. Gegenüber Konventionen und Gepflogenheiten kam es während des ganzen Tages zu keinem einzigen Verstoß. Selbst die zwei, drei anzüglichen Bemerkungen während der Bestman-Rede wurden prompt geliefert. Leider wetteiferten Braut und Bräutigam miteinander um ein Minimum an Sex-Appeal, so dass es wohl keinem im Saal gelang, die Anzüglichkeiten ans Ziel zu denken. Zuerst jedoch verhalf sich der Brautvater zum Wort, dessen Sprache eine Wohltat war, gespickt mit ausgewählt englischen Ausdrücken, die ganze Entwicklung aufrollend, die seine älteste Tochter, die nun konformerweise als erste heiratete, vom ersten bis zum letzten Schrei genommen hatte. Selbstverständlich hatte sich Brautvater stets von neuem in seine Frau verliebt und selbstverständlich blühte dieses Schicksal nun auch Ninabraut und ebenso klar war es nur den allerersten Prinzen gestattet, um die Hände der Töchterprinzessinnen anzuhalten. Wie wahr, ich wartete ein wenig auf die böse Stiefmutter oder Königin, die ein paar Todsünden in den Saal eingeschleppt hätte, sich zugrunde richtend vor Neid und Stolz, dabei immerhin mit einem interessanten Selbstbildnis aufwartend.

In Einzelgesprächen lernte ich dann im Verlauf des Abends noch ein paar Abweichler kennen, die der diktatorischen Rosigkeit des Augenblicks mit mehr Gelassenheit begegneten als mir je möglich war in meinem erstens Wesen und zweitens Zustand. Ich nahm – Reihenfolge unzuverlässig – teil an irischem Volkstanz, unterhielt mich mit einem in sich ruhenden Mauerblümchen, trank Bier am verwaisten Käsebuffet mit einem anregenden Zürcher, setzte mich mit den Junggesellinnen auf die Wandbank, um gerade Gebotenem zuzuschauen, gab mir die allergeringste Mühe nicht, den Brautstrauß zu fangen, wich Blicken behende aus, schob den frühen Abflug als Grund für einen frühen Abflug vor, ließ den Hochzeitscake links liegen in seiner krampfhaften Schweiz-England-Symbiose mit lila Matterhorn-Sujet über glasiertem Fruit-cake.

Erst als ich unter den erneut frisch gestreckten – der altehrwürdige Ausdruck geplätteten schiebt sich hervor – Leinen lag, fiel es mir ein, meine frühe Ankunft in Frankfurt mit einem Treffen zu verbinden, das gutmöglich meiner Schwermut etwas Beine gemacht hätte. So schickte ich eine Textnachricht mit Ankunftszeit an meinen Helden, in sprödem Stil gehalten, einzig dazu verfertigt, seine Reaktion abzutasten, mit Fühlern so empfindlich wie geknickte Schmetterlingsbeine. Wie alles Spontane und insgeheim Erwartete kam solches Treffen nicht zustande. Ich hätte bis zum Abend warten müssen, was keinesfalls mit meiner Absicht vereinbar war, wie hätte ich wieder dagestanden, in hauchdünnem Korsett ohnehin. Trotzdem beruhigt, wie oft, wenn man etwas geklärt hatte, selbst unerfreulichen Ausgangs, schlief ich ein.

Gleich wie die Nacht zuvor weckte mich aus meinem leichten Schlummer Sophia, die mich inständig bat, in aller Herrgottsfrühe keine Rücksicht auf sie zu nehmen, die in ihrem Speckmantel eine Art Winterschlaf pflegte, den nichts so leicht durchdrang. Selbstverständlich gab ich mir dennoch Mühe, meine kosmetischen Rituale geräuschlos abzuwickeln, was wie zu erwarten konterkariert wurde durch herabfallende Tiegeldeckel, brausendes Wasser, sperrige Kulturbeutel, ja, nicht zuletzt durch zu lautes Auftreten meinerseits, mit der Bodenbeschaffenheit des Zimmers unvertraut. So konnte ich mich wenigstens von Sophia verabschieden, was mir ehrlich am Herzen lag, den dreien ein flottes Girls' weekend in London wünschend, welches sie mir bereits ausgemalt hatten, mit Bädern, Massagen, Shopping sprees sowie einem Luxus-Dinner in einem Schuppen, dessen Name mein Gedächtnis keine Sekunde beschwert hatte.

Zum großen Glück saß ich auf dem Heimflug nicht neben knutschenden Pärchen oder einem ständig an ihrem Pflock von einem Mann herumfummelnden, hässlich geschminkten Schwergewicht von Blondine wie bei anderer Gelegenheit. Die Morgenstunde war mir diesbezüglich gewogen.

Mit Frankfurt dagegen werde ich mich nie anfreunden. Zu stinkig und kalt das Ganze. Selbst der polierte, lackierte, gewienerte, gebohnerte Flughafen vermochte mich nicht zu täuschen. Einzig seine schiere Größe sprach für ihn. So viele Vögel nebeneinander zu sehen, ergriff mein Herz, beflügelte es. Dieses Gefühl zu verorten fiel nicht leicht; an Fernweh krankte ich bislang nie, die flankierenden Stellvertreter Sehnsucht oder Nostalgie passten ebenso wenig. Ich denke, es war die Möglichkeit, in der Luft zu schweben, so viel Distanz zu haben zur Erde und ihrem Treiben, abgehoben gleichwohl nicht tot zu sein.

Ich freute mich, nach Hause zu fahren, dorthin zu gelangen, wo die größte Ansammlung aller Liebgewonnenen hauste, in Häusern, Hütten, Boxen, auf Paddocks und Weiden, die mich erneut festhielt und vertäute.

SONNTAGSBRATEN

Sonntagfrüh schob Lorena einen Kalbsbraten in den Ofen, bio versteht sich, erste Sahne, vom Feinsten. Will heißen, sie war schon gehörig vor der Sonne wach, um ihn zu spicken, marinieren, einzureiben, gehörig scharf zu machen und den nötigen Senf dazuzugeben.

Malcolm lag derweil noch in richtigem Tiefschlaf, wie mit Pflöcken und Seilen festgebunden an dem Bett und Zeugen einiger gemeinsamer Aktivitäten. Malcolms Unterbewusstes hatte nicht vor aufzustehen. Bereits in den Knochen wollte er nicht aufstehen. Im weichen Klumpen Mark von fauliger Farbe, das wie Pudding erzitterte jedes Mal, drang etwas unter die Schädeldecke, verkrampften sich die Bahnen, standen Neuronen in dicklichem Stau. Malcolm verfügte über seine Migränen, ja, hatte die Macht, sie herbeizurufen. Disposition nannte er das. Nie und nimmer würde er sich so einem Sonntagsbraten mit zugehörigem Familientisch aussetzen. Lorenas Mutter und Schwester waren geladen. Wozu sich mit ihnen einlassen, die von bieder bis exzentrisch immer etwas anboten, was einem nicht behagen konnte? Fühlte er doch nicht einmal, wie lange und wie tief Lorena für ihn kommod sein würde. Seine Aussage lautete: An deiner Welt nehme ich nicht teil; stückwerkweise nehme ich an dir teil. Dich anknabbern und versuchen, ob mir Komponenten und Machart dieses Pfefferkuchens zusagen sowie bekommen. Die Entscheidung darüber schiebe ich auf die lange Bank, solange diese behaglich gepolstert bleibt. Du, Lorena, wiederum sollst auch nur an den Außenhäuten meiner Welt teilhaben resp. sofern sie in Form von Lästlingen auftritt, sprich Kindern aus vergangener geschieden-gescheiterter Beziehung. Bislang hatte er einigen Gefallen gefunden an Lorenas burschikosem Humor, sie übernahm die Unterhaltung, bei steigendem Alkoholspiegel mitunter bis hin zur Peinlichkeit; auf allen Vieren musste er sie schon, selbst mit vor Lachen wippender Wampe, zur Ordnung rufen.

Vor dem Backofen kniend hoffte Lorena immer, dass er noch aufstehen würde: Wer konnte bloß willentlich-wollentlich den ganzen Sonntag sich in den zerknautschten Tüchern abdrücken? Bekam er wirklich nicht mit, wenn sie geschäftig durch die Wohnung eilte, normal kräftig auftretend, denn sie wollte sich doch in ihrer Wohnung nicht zusammenreißen. Auf jeden Fall viel eher Lorenas Wohnung als Malcolms Wohnung, was Mobiliar, Miete und Mitarbeit betraf. Vielleicht war auch diese Zurückhaltung seinerseits als Statement zu werten und hätte interpretiert werden müssen. Aber sollte sie jedes kleine Etwas zu ihren Ungunsten auslegen, nun, da zum ersten Mal in so etwas wie einer Ehegemeinschaft lebend, mit Haus, ohne Hof, dafür Terrasse, Bett und allem. Lorena betrachtete versunken den brodelnden Saft, die auf dem Bratenrücken zerplatzenden Bläschen. So ein Ofenfenster schien ihr besser noch als ein Kaminfeuer; darüber hinaus wurde ihr ständig von der Reglerleiste auf elektronisch versichert, was und wie alles in Ordnung war mit dem zarten Stück. Für Lorena gehörte es unbesprochen dazu, dass auch die Umwelt teilnahm an ihrer Beziehung, d. h. dass sie in ihrer Zweiheit registriert wurde sowie wurden. Figuren, zu denen sie in unkündbarer Konstellation stand, hätte sie dies umso lieber vorgeführt. Jedoch verkroch sich die Schnecke unter der Decke, krümmte alles, was sich denken ließ. Derart zur Roulade geschrumpft wollte ihn Lorena gar nicht zu Gesicht bekommen. Sein Bild erregte sogleich ihren Zorn. Bloß einen Fuß setzte sie in die gemeinsame Schlafstube, schon glühten ihre Nervenenden.

Bei der lachlautstarken Begrüßung von Mutter und Schwester wurde der Abwesende gar nicht erwähnt, insofern wurde Malcolm tatsächlich nicht vermisst. Im Laufe des Mahls kam er dann doch wie Schluckauf zur Sprache, zumal er ja nicht verreist war, sondern nistete im Nebenzimmer. Allerdings gehaltvoller Braten wie geistreicher Wein ließen Lorena dies in mildem Licht betrachten, hatten sie doch ein schönes Heim zusammen und nicht jeder war immer im Strumpf, gemäß einer von Lorenas bauernhaften Wendungen.

Der Mittag ergoss sich in den Nachmittag und wurde breiter und breiter wie ein russischer Strom. Ebenso erweiterten sich die Blutgefäße aller und setzte man sich so breit- und bequembeinig hin wie möglich.

Den Braten hätte Malcolm fachmännischer schneiden können, besser zerlegen. Als Mann verfügte er über die richtige Ausrüstung. Ein taugliches Tranchiermesser hatte seinen stolzen Preis, aber dabei durfte man sich nicht lumpen lassen. Doch einzig, um dieser Jäger- und Beerenfresserrollenzuteilung gerecht zu werden, aufzustehen und den Damen Antworten im Rahmen zu geben? Nein, das sah Malcolm still für sich ein, so viele Opfer konnten selbst der Virilität nicht gebracht werden. Also harrte er selbst aus, bis das ausgedehnte Mittagessen seinem Ende nahte. Während der Braten schmorte, döste er; während der Braten auf die Gabeln gespießt wurde, war es nur noch ein unruhig flackernder Schlummer. Doch noch nie in der Weltgeschichte ist es vorgekommen, dass drei Frauen einem Mann alles Fleisch weggegessen hätten. Da konnte er beruhigt noch ein Nickerchen wagen. Flocken Schlafs erlösten ihn stets für kurze Dauer von der Geräusch- und Geruchskulisse aus der gemeinsamen Wohnung.

Lorena ihrerseits hielt sich tapfer, ja nahm sich vor, den Vorfall nicht zur Sprache zu bringen. Schließlich wird die liebende und bangende Person in einer Beziehung von den Vorgaben des anderen über die Maßen paralysiert, so dass sie im Privaten kein Mucksmäuschen wagt, wogegen sie im Öffentlichen ebenso lauthals wie lautstark protestiert hätte. Die panische Angst besteht darin, nach einer Auseinandersetzung verlassen und dadurch blutig verletzt zu werden. Sobald also Lorena – und sei es unter den allerinnersten Blütenblättern, im Kelch sozusagen – realisiert hatte, dass und wie es ihm mit seiner Anstrengungsverweigerung ernst war, kam Lorena Malcolm entgegen. Ein masochistischer Mechanismus, der sehr wohl etwas mit Selbstschutz zu tun hatte. Ein kläglicher und erschreckender; trotzdem: Übel dran ist, wer ihn zulässt. Weniger, wer ihn auslöst oder aushält.

Um vor sich zu bestehen, beschloss Lorena im Verlauf der Zeit, ähnliche Situationen schlicht zu vermeiden. Sie gab nur noch Partys, war Malcolm sowieso auf Reisen. Beste Ausrede. Ließ sich zwar weiterhin als Paar einladen, aber falls Malcolm passte, schützte sie Überarbeitung vor, was gesellschaftlich gleich anerkannt war wie moderater Alkoholismus oder eine teilweise Kapitulation in Herzensdingen.

Um halb 6 kroch Malcom aus dem Bett hervor, ein halber Gregor Samsa. Den halben Tag schon hatte ihn der Geruch des speck-gespickten Bratens gelockt und drangsaliert, der unverschämt durchs Schlüsselloch drang wie ein Schwiegermutterohr. Weit-aus weniger gefiel ihm die akustische Beigabe, der konstante Redeschwall: wie auf das weiße bestickte Stofftischtuch aus-laufende Bratentunke.

Währenddessen hat sie aufgeräumt und ist aufgeräumt, trotz-dem liegt etwas von erkaltetem Braten in der Luft. All dies sollte ausgelüftet werden, das spüren beide. Doch während Malcolm, als fühle er nichts, seine Bratenreste aufwärmt, geschäftig und effizient – Botschaft: Ich bin auch für etwas zu gebrauchen –, während Lorena sich, vollständig ernüchtert, hinter eine Rede macht, die noch zu schreiben wäre – Botschaft: Ich bin die Intellektuelle und Karrierefrau; während so beide einen Teil ihrer Gemeinsamkeit begraben, dem Grabhügel den Rücken kehrend, umläuten die Abendglocken die rundum besonnte Terrasse und verschwindet ein Abendrot mehr unbelobt hinter den Umrissen unserer Kleinstadt.

SCHENKKREIS

Was selten genug geschah: dass ich höchst konkret zu einem Mittagessen geladen wurde, ja, dass ein solches nicht bloß auf irgendwann geplant und vereinbart wurde und in der Folge erneut Wochen verstrichen und meinerseits nachgetreten werden musste, worauf besagtes Mahl ein ums andere Mal hinter den Kulissen hervorgezogen und aufs Neue versorgt wurde, bis es nachgerade schmerzhaft und schweißbildend wurde, sich weiter zu begegnen, ohne es in die Tat umgesetzt zu haben, wenn das Ver- und Aufschieben also zur größeren Anstrengung gedieh als das Abhalten, ja, dann wurde es mitunter tatsächlich nachgeholt, schlicht um es vom Tisch zu haben. Aber wurde ein solches Mittagessen in genau einem Telefonat angesprochen und unverzüglich inklusive Zeit, Datum und Ort vereinbart, ja dann hätte mich dies zumindest und zu Recht stutzig machen müssen.

Da ich nun im konkreten Leben wenig zu Misstrauen neige und bei Freundinnen, den besseren Menschen, aus Prinzip nicht, freute ich mich über und auf ein bevorstehendes Treffen und verschluckte auch meine zungenfertigen Mäkeleien bezüglich der Tageszeit, da ich einen mediterranen Magen mein Eigen nannte, der vor 8 Uhr abends nur ganz zahm grollte und knurrte. So dachte ich weder Böses noch Durchtriebenes und stand sogar pünktlich vor der respektablen Haustür des ebensolchen Wohnhauses, kurz darauf in der liebevoll, gleichwohl geschmacklos eingerichteten – warum bloß sollte etwas besser werden, allein weil einer sich Mühe gab; als zeigten sich Effort und Erfolg stets paarungsbereit – Kleinwohnung des mir durchaus sympathischen Jungpaares, von dem aber gerade nur die eine Hälfte, die sogenannte bessere, anwesend war. Die Bessere nun dirigierte mich gleich an den Esstisch im sogenannten Wohnzimmer – eine eigentümliche Wortprägung, spürbar vermisse ich eine Eindeutschung für Living room – und hieß mich warten, bis fertiggebrutzelt in der Pfanne, was für zwei Fleischverächterinnen dort in der Butter schwamm. Schließlich setzte sich die Bessere zu mir an den Tisch und wir sprachen dem gediegenen kleinen Mahl zu, mein Gott, jetzt schreibe ich wie ein Mann.

Ich erinnere mich richtig, wir aßen ein vegetarisches Schnitzel, dazu ein schönes Portiönchen Gemüse und ein ebensolches mit Kartoffeln, dazu passte ein dezenter Appetit und ein wohltemperiertes Gespräch und mit Sicherheit füllte ich mir bei so viel Ausgewogenheit das Wasserglas gleich mehrfach, die einzige Gelegenheit, der Maßlosigkeit die Zügel schießen zu lassen. Manch Bessere übte durch ihre Präsenz einen disziplinierenden Einfluss auf mich aus, wahrscheinlich schrumpfte ich in das 12-jährige Kind zurück, das sich den Erwachsenen anzugleichen suchte. Nach wie vor ahnungslos bekam ich drehbuchgemäß meinen Kaffee kredenzt, an dessen Seite ein kleines Naschgebäck nicht fehlte, doch erst als das Gespräch aus dem Dümpeln kaum mehr herausfand und ich laut das Fortschreiten der Zeit hinein in den Nachmittag bemerkte, rückte sich die Bessere auf ihrem Stuhl zurecht und lud mich ein, gleich am nächsten Abend einem exklusiven Schenkkreis beizuwohnen. Natürlich musste sie nun die Karten auf den Tisch legen und meinen perplexen Gesichtszügen etwas entgegenhalten. Schenkkreis nämlich, wenn das nur Frauen machten, und dies sei hier ein reiner Frauen-Schenkkreis, sei dies eine gute Sache und so gut wie sicher, denn Frauen untereinander kämen eben nicht auf Betrügereien und Hinterhältigkeiten und das Ganze sei von Nonnen erfunden worden und eigentlich auch nicht mit Geld, sondern am Anfang mit Brotlaiben, ja und es sei darum gegangen, alle satt zu bekommen, vom ganzen Dorf, genau alle, die Hunger hatten, und die Armen. Und dann habe man gesehen, dass es mit Frauen funktioniere, so dass …

Und nun einmal der Reihe nach: 8 Frauen investieren je 8'000 Einheiten in ihrer Landeswährung, nehmen wir Euro, investieren also 8'000 Euro oder alle zusammen 64'000 Nein, 8 Frauen bilden einen Kreis und legen in die Mitte je 8'000 Euro und treten wieder zurück und Eben nicht, 8 Frauen bilden einen Kreis und schmücken je 8'000 Euro mit Schleifen und Makramee, denn genau ums Geld geht es gerade nicht, sondern –

Wenn diese 8 Frauen wiederum je weitere 8 Frauen gefunden haben, die wiederum je 8'000 noch so gerne beisteuern, können die ersten 8 Frauen, diesmal aber – kleiner Unterschied – mit 64'000 Euro aus dem Kreis wieder austreten und sich ein lustiges Leben machen. Die verbliebenen 64 Frauen wiederum müssen nun lediglich ihrerseits 480 neue GutFrauen – was selbstverständlich ein weißer Schimmel ist – finden, die wiederum das entsprechende Kapital beisteuern, um ihrerseits mit 64'000 neureich und altgut austreten zu können. Leider fehlt mir gerade ein Taschenrechner, so dass ich die nächste Runde euch überlassen muss, die ihr sicher gemütlich zuhause sitzt und alles bequem zur Hand habt.

Also, ich denke wir alle haben das Prinzip erkannt und verstehen wie von selbst, dass einem solchen Experiment nur eine kurze Blüte bescheiden sein mag. Ich knabberte meinen Keks wie ein Wintervogel, kurz bevor er wegfliegt, sprach etwas von nicht recht wissen und sich überlegen und lief meinem Nachmittag in die Arme. Wieder zurück in meinem Tag, nach wildem Kopfschütteln, setzte ich mich hin und sagte zu mir: Du wärst ja blöd, einen alten Hut wirst du tun und überhaupt, woher wissen die so kristallklar, dass ich 8'000 Franken zum Verschenken übrig habe. Haben wir je darüber gesprochen, nein. Ich scheine den Eindruck einer frugal lebenden Reichen zu hinterlassen. Ist auch interessant, sprach ich mir zu, immerhin wird nicht nach dem Äußeren geurteilt. Und dann dachte ich darüber nach, was mir Bessere noch über ihre Schwester erzählt hatte, die wir jetzt eben als Bessere B einführen müssen, obwohl sie in der ganzen Verschwisterung bestimmt das Alphatier abgab, aber bloß wegen ihr kann ich nicht noch einmal von vorne beginnen. Bessere B nämlich hatte Bessere zu dem Glücksspiel überredet und brauchte gar nicht viel Worte und Aufwand zu treiben, da Bessere meistens über kurz oder lang sich zu dem bekehrte, was Bessere B für sich als richtig entschieden hatte und sei es etwas so unsagbar Hirnschwaches wie ein Schenkkreis. Bessere hielt demzufolge alles, was den Radar von Bessere B passiert hatte, für sagen wir mal foolproof, weil auch hier wieder das deutsche idiotensicher nicht die gewünschte Geschmacksrichtung aufweist.

Bessere B ist wiederum durch eine Freundin – eine Schenkkreisfachfrau der ersten Stunde – eingeführt worden, als diese eben dabei war, ihre gehorteten 64'000 nicht nur zu verjubeln, sondern gleich zu reinvestieren und damit Bessere B, die wie immer abgebrannt war oder dies zumindest vorgab, die Aufnahme in den Kreis ermöglichte, wo diese gleich Zeugin eines, wohl des letzten, Auszahlungsrituals wurde und angesichts all der kulinarischen und pekuniären Leckereien glänzige Äuglein und gierige Händlein bekam.

Und was die Reinvestition betrifft, so muss ich wohl keinen Ökonomie-Frischling darüber belehren, dass Eigenblutzufuhr eine sichere Maßnahme ist, ein jedes Finanzsystem über kurz oder kurz in sich zusammensacken zu lassen, gleich einem morschen Wolkenkratzer.

Mit der gebotenen Süffisanz lehnte ich am darauf folgenden Tag ab, weniger unter Hinweis auf die Prinzipien der Mathematik, mehr in den Vordergrund stellte ich die Illegalität des Ganzen und dass ich keinesfalls mit dem Lotteriegesetz in Konflikt geraten wolle. Das wäre ja lächerlich, dachte ich, wenn es ein solch lächerliches Gesetz überhaupt gab, wollte ich mich nicht noch lächerlicher machen und dagegen verstoßen. Es gibt so etwas wie Deliktehre, das konnte ich jedem Kriminellen stets nachfühlen. All das aber wollten sich Bessere und Bessere B gar nicht erst anhören, die erste verwies mich auf die zweite, so als wäre sie für Reklamationen nicht zuständig.

In der Folge wurde ich nicht mehr direkt um meine Teilnahme angegangen, allerdings verschwand der Schenk-Spuk auch nicht gänzlich aus unserem Kontakt. Mitunter wurde mir noch Einblick in die Zusammenkünfte gewährt, die je länger je mehr nach klimakterischem Frauenzirkel zu riechen begannen, in denen aller Art Unterstützung gesucht und gewährt wurde, wenn auch je länger je weniger finanzielle. Und so sahen auch

Bessere A und B ihr Geld davonschwimmen, was sie dennoch niemandem zum Vorwurf machen konnten, steckten sie doch selbst mit drin und hatten es eben nicht verstanden, ausreichend neue Bargelddamen zu schanghaien.

Selbst die Mutter – Vater blieb es leider untersagt – soll sich bereit erklärt haben, dem Kreis bei Bedarf beizutreten. Fraglos unterstützte sie ihre Mädchen bei jeder Eselei.

Pikanterweiser – und wirklich dieser Umstand amüsierte meine kleinen, bösen Hirnzellchen dauerhaft – teilte Bessere B ausgerechnet mit einem Mathematiker Haus und Bett, der in seinem amourösen Zustand die dubiosen Investitionen großzügig belächelte und wie von selbst wurden in seiner ironischen Gegenwart alle Reizwörter zum Thema umgangen, allenfalls noch trottete in Worten der Goldesel vorbei, auf dessen Ankunft man warte.

Erwartungsgemäß waren sich Bessere A und B zu gut, mich zu bitten, zu beknien oder sonst wie zu insistieren. Für so viel Dezenz kann man gar nicht dankbar genug sein. Nur ganz sachte, wie pudriger Schnee, ließen sie es manchmal auf mich streuen, dass ein Schenkkreis durchaus noch existierte, der Vulkan noch aktiv sei. So bekam ich auch mehrmals ein anderes Mitglied vorgeführt, eine semidepressive Mitfünfzigerin, deren sorgfältig gepflegte Falten im Begriff standen, schärfer zu werden. Für diese, so wurde mir versichert, sei der Schenkkreis, nach dem unerwarteten Tod ihres herzschwachen Mannes, der einzige soziale Rückhalt. Wegen des Geldes, das völlig in den Hintergrund getreten sei, käme sie schon lange nicht mehr.

Da tust du gut daran, dachte ich für mich, denn zu Gesicht bekommen dürftest du keines mehr. Diese Celia nun lud Bessere und mich eines Nachmittags zu sich ein und zum Käsekuchen. Warum ich mich immer und bei allem noch daran erinnern kann, was aufgetischt wurde, kann ich mir denken, aber nicht aufschreiben. Wahrscheinlich gehört es einfach mit zum Bild. Bei dieser Gelegenheit schenkte Celia Bessere einen kühlen, metallenen Pfefferstreuer der gehobenen Klasse. Wir redeten und plapperten über Stunden in der milden Vorstadtluft. Es war ein lauer und friedlicher Nachmittag, an dem Geld nicht die geringste Rolle spielte.

POLYAMORY

∾

Dass sie Mjinherr je wieder sehen würde, hätte sie ahnen müssen. Denn so arrangierte sich das Leben um sie herum: ohne jede Absprache. Derart autonomes Benehmen lästig zu finden, war auch alles, was ihr an Gegenwehr übrig blieb. Allerdings hatte Alia ihr Ihriges dazu getan mit dieser vermaledeiten Neugier und Schwatzsucht, die ihr eigen war. Ja, Alia hatte die durchschnittlich hübsche, überdurchschnittlich intelligente, unterdurchschnittlich junge – immer am Menschenschnitt gemessen junge Frau mit dem auffälligen Namensschild gefragt, die immer hinter dem Eingangstischchen saß, wie ihr aufgetragen wurde, dennoch ihre Gedanken fliegen ließ, wie es nicht gewünscht war. *Tapfer* stand da schwarz auf weiß, hinter schmuddeligem Plastik, *Amanda Tapfer* und solch ein Name löste in Alia automatisch die Assoziation zu Mjinherr Tapfer aus, den sie getrost und gewissenhaft als Exfreund eines Exfreundes bezeichnen konnte. Mjinherr war damals mehrfach in die Wohnung des Ex namens Utz gekommen, um mit ihm über Fotografie zu reden. Zumindest stellte sich das Alias durchaus normal arbeitende, also beschönigende Erinnerung so vor. Womöglich saßen sie auch einfach da und pafften und redeten Oberflächliches wie Wellengekräusel. Alias Erinnerung jedoch baute daraus etwas Seriöses zusammen, so dass Mjinherr ihr haften blieb als durchaus respektabler Mann, mit dem sich selbst eine Romanze hätte denken lassen, wäre dem nicht die Situation in der Quere gestanden. Nach dem Scheitern mit Utz verschwand als Folge auch Mjinherr aus Alias Dasein und wurde wie so vieles in Archiven abgelegt, die unzugänglich, obschon unverschlossen blieben; Speicher von Spinnweben zugewoben.

Erst dann, nach dem wiederholten Blick auf Amanda Tapfer, Schriftzug und Frau, wurde wieder hervorgekramt und von rostigen Rändern befreit, was an Bildern, Szenen und Blicken noch da war. Ohne direkten Augenkontakt fragte Alia, ob Amanda etwas von einem Mjinherr wisse und war dann doch überrascht, als sich diese als dessen Tochter ausgab. Typisch, dachte Alia, wir könnten Kinder haben, schöne, große Kinder, nur mir scheint das so ungewöhnlich, weil ich synchron fühle, d. h. sämtliche Alter gleichzeitig bin, also 40 und 30 und 15 und 1, 2, 3, 4, 5, so weit eben die Durchleuchtung zurückreicht. Wie kann man denn diachron leben, ja, immer hinter sich Stücke abschneiden wie Regenwurmringe.

– Dein Vater ist das
– Ja, Mjinherr
– Und du lebst noch zu Hause
– Nein, das nicht
– Aber hast Geschwister
– Ja, 2

Und so entwickelte sich einer der schwächsten Dialoge zwischen zwei einander sympathischen Gestalten, den man je zur Kenntnis genommen hat und der auf jeden Fall in dem Auftrag gipfelte, Mjinherr zu grüßen und bei seiner Erinnerung anzuklopfen.

Alles versprach Amanda zu tun, die mit einem hübschen Lächeln für sich einnahm und mit dem warmen Interesse, das sie der Welt gab. Bald schon grüßte Mjinherr zurück und noch bälder, keinmenschweißwie, war ich bei Mjinherr und Nanda zum Abendbrot geladen, ja, zottelte dahin, inklusive Mitbringsel und hoher Erwartungen an Wein, Gelage und Ambiente. Vorfreude als Platzhalter für Erwartungen wäre mir und meiner Feder auch genehm.

An der Glocke vor der doppelten HolzGlas-Eingangstür empfand ich es als direkt entspannend, wenn Bekannte für einmal anspruchslos und beengt lebten und man nicht stets mit dieser zurückhaltenden Renommiererei konfrontiert war, die bei Linksakademikern Standard schien und die nicht am Wickel zu packen war, sondern sich als Tabu inszenierte, sich auf behäbige Sofas setzte und hinter Leuchtern verschwand. Da lobte ich mir meine Alt- und Neureichen mit ihren amüsant-protzigen Hausführungen, vorbei an zahllosen Badewannen und Zimmern für Gäste und Schränke.

In der Schmalhans-Küche wurde mir wie gewohnt zuerst mündlich mitgeteilt, was ich nachher oral einzuverleiben hätte, vom Vor- bis zum Nachgang. Und wie immer sagte ich, ahjagut, obschon der Gedanke an die angedrohte Quarksuppe meine Magenrezeptoren nicht wirklich stimulierte, aber immerhin als Dessert winkte mir eine Torte, noch verpackt in der Schachtel, jungfräulich unaufgeschnitten. Den Wein durfte ich mir aussuchen, doch schon als ich der stehenden Flaschen gewahr wurde, dachte ich mir, wo bist du hineingeraten und gar, als sie sich als Nicht- und Wenigtrinker zu erkennen gaben, immer händchengebend und -haltend, ja, bereits hier stieß mich dieses verschrumpelte Geknutsche leicht ab, so als wäre ich erzwungene Zeugin einer Obszönität, gar wenn Mjinherr Nanda die Hand rieb, sah ich dahinter Masturbation. Meine Kopfnerven reagierten ein erstes Mal gereizt; so trat ich ins Wohnzimmer, das auf die Straße ging.

Alsbald wurde bei beschaulichem Geplauder die Suppe ge-schöpft, die allem ernüchternden Anschein nach das Essen aus-machte und deren Aussehen sowie widerlich flockige Konsistenz – wer kann sich zersetzendes Essen essen? – mich den Löffel ganz langsam und selten zum Mund führen ließ und ich tat so, als müsste ich mit dem Mund zuhören und ihn deshalb offen stehen lassen. Auch die Mischung aus Koriander und Zitrone mundete nicht, dennoch langten Mjinherr und Nanda zu, gleichzeitig auf der unbelöffelten Seite händchen- und fingerchenerkundend.

Mann, da wurde es mir eigentlich schon zu viel, dieses Eheidyll mit Gast, doch hielt mich der hübschfarbene Wein aufrecht sowie der Gedanke an die immer noch jungfräuliche Torte, die schließlich dreischichtig daherkam, mit Biscuit und Crème und glasierten Erdbeeren und wollte ich nie mehr etwas gesagt haben gegen die industrielle Verfertigung von Nahrungsmitteln, bei der Kriterien wie Aussehen und Konsistenz wenigstens in Betracht gezogen wurden, immer noch würgend an dem ge-flockten Quark, dem ich eine kurze Passage durch meinen Körper wünschte.

Nach dem opulenten Nachtisch kugelte sich Nanda auf dem eher schmalbrüstigen Sofa zusammen, um dort mit offenem Mund zu schlafverdauen, was mich allein mit Mjinherr zurückließ, der nun meine Hand kneten wollte, doch immer glanzäuglig zu Nanda schielte, wahrlich mit einem Ausdruck des Entzückens.

Verdattert, so muss man sagen, krampfte ich meine Hände faustdick zusammen und perplex lächelte ich Mjinherr an, der nun auszuholen begann und mir gleichzeitig sein Schlafzimmer wie auch die PolyAmory-Theorie näherzubringen versuchte.

Es sei nämlich so, resümierte Mjinherr, dass ein Mensch allein mit der ganzen Ladung Liebe eines weiteren Menschen vollständig überfrachtet sei und daher froh sei, diese Liebe teilen zu könnendürfen.

Ganz langsam, sagte ich, noch einmal: Du hast zu viel Liebe

Ja, nicht nur ich, du auch, gerade du, wir alle

Gut und wie weiter damit

Obwohl ich da mein innerlich schmiedeisernes, schöngearbeitetes Tor bereits verschlossen und verriegelt hatte, mich verabschiedet und die Bluse glattgezogen hatte, hörte ich der Höflichkeit halber weiter zu, auch um meinen Ohren das Vertrauen zurückzugeben, dass sie richtig gehört hatten.

Nanda kann dich hören

Das macht nichts, sie ist vollkommen einverstanden und kommt auch manchmal mit

Wohin, wollte meine Neugier gerade wissen, als sich Nanda auf dem Sofa lümmelte, drehte und schmatzend vernehmen ließ

Nur selten, ich muss so viel arbeiten

Also nicht ins Schlafzimmer, dachte ich, so erleichtert wie die Nonne nach einem schlüpfrigen Traum

Wir treffen uns an den Wochenenden, alles Leute, die gleich denken, auch du kannst kommen

Dieses „auch du" tanzte nun schon zum zweiten Mal auf meinen Nervenspitzen herum, und ich hätte Mjinherr am liebsten, brüsk aufstehend, eine gedonnert, die miefige Wohnung verlassen und ihn sich selbst und den andern Schafböcken überlassen, wenn da nicht noch Nanda auf dem Sofa vor sich hin geröchelt hätte, die mit diesem PolyAmory-Klimbim wohl hauptsächlich deshalb einverstanden war, weil es ihr den sehnigen Alten vom Halse und vom Leib hielt.

Ja, was macht ihr denn da so

Wir streicheln uns und halten uns und manchmal auch mehr. Aber es ist nicht nur Sex

Diesen letzten Satz hatte ich bislang von jedem Mann zu hören bekommen, mit dem ich mich länger als eine Viertelstunde beschäftigt fand, deshalb enttarnte ich ihn sofort und warf ihn auf die Müllhalde zwischengeschlechtlicher Banalitäten. Zudem ergaben spätere Recherchen, dass Körperöffnungen für Polyamorysten tabu wären, was denselben Weg ging.

Ja, Mjinherr, ich weiß nicht, ist es so eine Art Fremdgehen mit Zustimmung,

Vergnügen ohne Versteckspiel

Du siehst das nicht richtig, lass mich dir unser Schlafzimmer zeigen

Und da ich, wie gesagt, neugierig war, willigte ich ein und bewunderte dann vor allem die Aussicht auf den gewöhnlichen Hinterhof mit dem außergewöhnlichen japanischen Swimmingpool, den niemand dort erwartet hätte und der mir gar etwas Außerirdisches zu haben schien, der zweifellos den Abend rettete, ja, mich vorbereitete auf einen amüsiert-versöhnlichen Rückzug.

ADEN –
LIEBESGESCHICHTE AUF PAKISTANISCH

∾

Diese Geschichte ist halbfiktiv. Ich meine, ich kannte Aden, aber vielleicht anders. Dies schicke ich voraus, weil alles immer wissen muss, wie stark autobiographisch dies oder jenes gefärbt sei. Diesem Voyeurismus soll damit Genüge getan werden.

Bestechend an Aden war seine Schönheit. Aden war Pakistani. Das bedeutet: schwarzblaues Haar, schwarzblaue Wimpern; schwarzblaue Wimpern finde ich zum Niederknien, selten habe ich welche in echt gesehen, geschwungen, regelmäßig angeordnet, nichts ineinander verhakt oder symmetrieaufwühlend. In der Klasse war er der Schönste. Locker. Zwar habe ich kürzlich gelesen, die Menschheit würde insgesamt schöner, aber in Adens Klasse war keine Konkurrenz sichtbar, keine männliche, keine weibliche. Er stach sie alle aus. Die sandfarbene Haut war so ruhig und eben, dass man glatt darin seinen Frieden fand. Obwohl er nur sporadisch dem Unterricht seinen Glanz bescherte, war er doch beliebt und selbstredend gern gesehen. Was er sagte, war Mittelklasse, trotzdem hingen alle an den sanften Lippen, wenn nicht die Ohren-, so die Augenpaare.

Mit Aden ein Verhältnis zu beginnen, war nicht meine Absicht und ergab sich erst, als wir uns vermehrt außerhalb der Schule trafen. Lieber im Grunde hätte ich einen schönen Bruder gehabt; es war mir nie vergönnt gewesen, mit einem Bruder Staat zu machen. Unser Umgang war sehr sanft und eigentlich immer alles von einem Lächeln begleitet. Hetze kannten wir nicht. Als wir einsahen, dass wir ebenso gut in seiner 1-Zimmer-Wohnung liegen konnten statt uns über ein Café-Tischchen hinweg anzulächeln, war die Zeit der Softdrinks vorbei. Wohnung ist bereits den Mund etwas vollgenommen. Es war eben ein Raum mit einem großen Bett, von dem aus man links in die offene Küchennische, rechts an den rechteckigen Tisch mit Holzstühlen sah, wobei alles wie zusammengesteckt wirkte, als ob von Kinderhand gefertigt, einmal im Sommerbastelkurs. Mein Blick schweifte immer Aden nach. War er in der Küche, um seinen weißen Tee zu zelebrieren, betrachtete ich ihn, dort stehend, meist nur in schwarzen Boxer-Shorts, ließ meinen Blick sich an ihn gewöhnen und es war uns beiden wortlos wohl. Sehr gerne saß ich halbaufgerichtet im Bett, seinen Bewegungen folgend oder – seinen Kopf im Schoss – uns streichelnd mit Blicken und Händen und Fingerkuppen.

Nie wären wir auf die Idee gekommen, unseren Status mit Worten zu zementieren. Es war ein Gewebe wie Organza und hätte selbst unserem Atem nicht standgehalten.

Unsere Wohligkeit, unser Aufgehobensein liefen über den optischen wie haptischen Kanal. Nicht dass wir nicht auch gesprochen hätten, wir einigten uns meist auf Englisch, das Aden leidlich sprach, in dem üblichen Asien-Stakkato; es sei denn, ich war müde und kippte ins Deutsche, ohne es herunterzufahren wie sonst gewohnt mit den Fremdsprachigen. Aden fragte nie etwas nach, begnügte sich vielmehr mit dem, was nicht an seinem Sprachniveau abperlte. Im Nachhinein fühlte ich mich bestens verstanden, unsere Sprache bestand aus einem Abtasten mit sanften, kleinen Küssen, extrem heilsam.

Nicht dass wir nie durchgedrungen wären. Wir hatten Sex. Doch war es uns beiden etwas, das wir leichthin abtaten, gelassen als marginal betrachteten. Beide empfanden wir Leidenschaft als zu heftig für unsereins. Zärtlichkeit hieß unsere Sucht. Liebkosen wäre eine zutreffende, leider Gottes absterbende Bezeichnung unseres Zeitvertreibs gewesen. Als Kleinode galten wir einander. Warum sterben solche Wörter aus?

War ich bei ihm, sprach er manchmal von Pakistan, vom Norden und Osten dieses riesigen Landes, das vor nicht allzu langer Zeit immenser noch war, klebend an den Flanken Indiens. Zeitgleich mit Aden war ich mit der Lektüre von Salman Rushdies „Midnight's Children" beschäftigt, diesem brillantgeschwätzigen Werk, das mich tief mitnahm in geschichtliche Verhältnisse zwischen der einen und der anderen Welt; mir die

Wehen der indischen Unabhängigkeit parallel zur Agonie einer Kolonialmacht so schillernd quecksilbrig schilderte wie ein fortgesetztes Treiben in den schmalsten Gängen und Kammern des unaufhörlich pumpenden Mumbays.

Nicht dass wir ineinander verliebt gewesen wären. Ich denke, dafür standen wir uns zu fern. Doch ich konnte ihm geben, was bei der Therapeutin, zu der Aden aufgrund zunehmender Antriebslosigkeit und keimender Depressivität schlenderte, nicht erlaubt war. Ich glaube, Aden schätzte sie sehr, konnte sich bloß nicht zusammenreimen, wozu die Sitzungen dienen sollten. Mir gab er Berührungen und Berührtwerden zurück, trieb mir die Abwehr aus.

Da wir beide äußerst unpraktisch veranlagt waren, kam es keinem je in den Sinn, einzukaufen. Ich kann mich an nicht ein gemeinsames Essen mit Aden erinnern. Wir tranken immer nur seinen weißen Tee, den ich sehr lind und später nirgends mehr fand, aßen vielleicht Kekse dazu, die ich noch in der Tasche hatte oder getrocknete Aprikosen, die eigenartig aussahen, wie verschrumpelte Öhrchen, deren Aroma jedoch hochintensiv, ja, betörend war.

Weil wir uns immer spontan trafen, wenn er oder ich ein Sehnen hatte, konnte das Gebilde nicht länger als drei Monate überleben. Irgendwann schreit alles nach Struktur. Wir trieben sachte voneinander weg, verhaftet in Älterem und Bekannterem. Noch einmal verfügte der sternenhafte Zufall, dass wir uns begegneten, ausgerechnet während der Fasnacht, auf dem belebtesten Platz der Stadt. Reine Neugierde und Lebensdurst hatten mich dorthingelotst, ich bezweifelte, ob etwas davon gestillt werden würde. Gleich sah ich ihn mit seinem ruhigen Lächeln, er blickte zu mir hoch, die ich auf hohem Wagen residierte, mimosengebettet die Menge betrachtete. Er wollte mit mir spazierengehen, was ich für die erste vernünftige Idee hielt seit Beginn der Fasnacht. Sie musste von einem Ausländer stammen.

Poetischer als während des letzten Fasnacht-Abends sacht in einem Altstadt-Hauseingang zu sitzen, den vorbeieilenden

Harlekins über die illuminierten Konfetti hinweg belustigt nach-
zusehen, uns über die ganze Seitenlänge zu berühren wie Bruder
und Schwester im Märchen, eine östliche mit einer westlichen
Denkart zu marmorieren gleich Zartbitterschokolade im hellen
Kuchenteig, poetischer konnten wir uns kein Auseinanderdriften
denken, deshalb packten wir heimlich und verschmitzt unsere
Geschichte in ein Päckchen aus himbeerrotem Glanzpapier.

Die verschwindend geringen Male, die wir uns später noch in
Bahnen trafen, ließen wir aneinander vorbeigleiten gleich wasser-
wendigen Goldfischchen.

STEWART LANE IN CHINA

❧

Ich lag bereits im ersten Schlummer und versuchte, wie bei einem gesunden System üblich, alle Außengeräusche in den aktuellen Traum einzuweben, als ein weinerliches Wimmern dermaßen langgezogen wurde, dass es meine Traumstadt zum Einsturz brachte. Ich war froh, allein hinter verschlossenen Türen zu liegen, so brauchte ich dieses zu mir hindämmernde Signal, dass draußen jemand Hilfe brauchte, niemandem einzugestehen, geschweige denn mir selber. Ich hätte es überschlafen können; das funktioniert ähnlich wie überhören oder übersehen. Warum gibt es nicht mehr solcher Verben, sie wären im Alltag durchaus brauchbar. Ich musste mich aufrappeln, wobei mir einfiel, dass ich Glas gehört hatte, zersplittern, zu Bruch gehen und danach das Wimmern. Oder lag ich verkehrt mit der Reihenfolge? Etwas musste sich unmittelbar vor meiner Wohnung abspielen, auf dem Treppenabsatz. Sollte ich öffnen gehen? Ich war überhaupt nicht präsentabel und ging zuerst aufs Klo, in diesem schlurfenden, selbstversunkenen Gang, den viele Menschen zeigen und vielen zu eigen ist, stammen sie gerade aus dem Schlaf. Noch ist man nicht auf Wirkung bedacht. Ich setzte mir die Brille auf und warf mir einen Blick zu, kleine Äuglein nebst durchwühltem Haar. Ich schlief noch zu fest und war zu abrupt wach geworden, um mich um mein Bild zu kümmern. Und machte die paar Schritte zur Tür. Dann jedoch stoppte ich dicht davor, wie eine alte Frau beim Lauschen, und lauschte. Deutlich waren Männerstimmen zu mir gedrungen. Auffällig nüchtern und jeder Artikulation mächtig. Könnte es sein, dass Wimmerjan bereits zu seiner Hilfe gefunden hatte? Sie zu ihm? Männer sprachen miteinander, als wäre es das Alltäglichste. Gaben sie sich Anweisungen? Es hörte sich an, als würden sie stets zusammenarbeiten; eingespielt wäre zu positiv, eher routiniert. Dazwischen hörte ich immer mal wieder Wimmerjan ächzen. Doch unterhielt man sich bestenfalls über ihn. Der ist versorgt, gratulierte ich mir, hiermit war ich aus der Verantwortung entlassen. Vorsichtig tapste ich zurück ins Bett, um nicht doch noch hineingezogen zu werden. Ich streckte mich in der ganzen Länge mit schnurgerader Wirbelsäule, als läge ich in einer Kiste. Knochen können herrlich lautlos zu Werke gehen, solange sie eingebettet liegen in einem warmen, halbfesten Körper. Ich ließ mich fallen, als hätte ich eben eine gewaltige Arbeit erledigt und 100 Stunden Schlaf wohlverdient.

Mir träumte Folgendes: Ich kam mit meiner Mutter in einem unüberschaubaren Hotel an, das seinerseits sich einfügte in weitreichende Gebäudestrukturen, die alles Land überzogen, so dass man keine Ahnung hatte, wo man hätte sein können, außer in Steinhallen. Ich war mit Mutter in Shanghai. Nie waren wir zusammen so weit gekommen. Ich ließ Mutter, die verjüngt und modernisiert schien, im Hotelzimmer zurück. Sie beugte sich über den aufgeklappten Koffer wie eine weltgewandte Frau aus den 50er-Jahren. Ich wanderte über einigen Beton und sah keinen Himmel durch zementene Gitternetze. Ich stieg in eine S-Bahn, die sehr rapide Fahrt aufnahm. Unterwegs sah ich mehrere Badende, die in einem wilden Ozean, über dem Betonautobahnen die Küsten verbanden, sich ausgelassen gaben oder es schlicht waren. Sie versinnbildlichten Jugend, Sommer, Sorglosigkeit. Darüber hinaus Sportlichkeit. Da ich in der S-Bahn meine Muttersprache vernommen hatte und diese orten konnte bei einem Pärchen, das sogar im Dialekt meiner Stadt sprach, wagte ich eine Bemerkung über den Pazifik, für den ich den Ozean hielt. Sie unterbrachen ihr völlig unangeregtes Gespräch und widersprachen mir nicht, aber ich sah doch, dass sie kaum einverstanden waren. Kommunikativ benahmen sie sich, als wären sie zu Hause geblieben. Mir fiel überhaupt auf, dass nirgends so wenig Chinesisch gesprochen wurde wie in China. Ich war mir sicher, zu Hause weitaus mehr Chinesisch zu vernehmen. Hatten sie dort keine Angst, verstanden zu werden? Raste der Zug durchs Küstenhinterland, hatten wir so etwas wie Wintervorboten, auf den groben Kieselsteinen lag

eine Spur Schnee, auch waren wir alle eher für die Übergangs-
zeit gekleidet. Selbst mir kam meine Pazifikbemerkung rätsel-
haft vor, verdankte er nicht gerade seinen Namen seinem fried-
fertigen Rauschen? Ich stieg frühestens an der dritten oder vierten
Station wieder aus, als Einzige, die andern Fahrgäste hatten sich in
Statisten verwandelt. Wieder irrte ich durch Hotelkomplexe und
öffnete mehrere Türen zu Tiefgaragen. Als ich schließlich nach
draußen gelangte, kam ein Schweizer Wachtmeister auf mich zu
und fragte mich, sehr mitfühlend, nach meinem Reise-Kontroll-
stempel. Wir kontrollierten meine Arme und Hände und fanden
nichts. Er hielt es für sehr bemerkenswert, wenn nicht ein Wunder,
wie ich ohne habe ein- und aussteigen können. Ich fragte ihn
nicht, warum er in China arbeite, ich denke mir, es könnte ein
heikles Thema sein. Alte Beamte, die arbeitslos wurden. Dafür
fragte ich, in welchem Teil von Shanghai ich nun sei. Er meinte,
ich sei weit abgekommen und begleitete mich zum Bus, der mich
zurückbringen könne. Entlang des Busbahnhofs formierte sich
eine Reihe niedriger, bunter Häuser, alles Geschäfte, zu einer
Art Abschiedskomitee. Ich entdeckte die typische grelle Farbe
eines Kronko-Geschäftes, das den Slogan trägt: Für Schwule und
Schwüle. Ich sagte dem Wachtmeister, wie mutig ich es fände,
diesen Slogan auch hier zu verwenden, an den wir uns im Her-
kunftsland schon längst gewöhnt hätten. Der Wachtmeister schob
mich in den Bus und sagte nichts Bestimmtes. Es ist schwierig,
in diesem Land Zustimmung zu finden. Bezüglich der Fahr-
karte unterhielt ich mich mit dem Chauffeur, der ein einfaches,
aber müheloses Englisch sprach. Ich erinnerte mich nicht an den
verdammten Namen meines Hotels in Shanghai, fand aber, es
sei langsam an der Zeit, zu meiner Mutter zurückzukehren. Ich
sagte, es handle sich um ein großes Hotel mit kleinem Namen
und meinte damit etwas Kurzes, Einsilbiges, vielleicht wie Mo.
Vielleicht wie Ma.

Ich werde es nicht zurück nach Shanghai schaffen, ich wache
auf. Schüttle alles von mir, frühstücke, denke an meinen Tag.
Als ich die Wohnungstüre abschließe, finde ich Blut auf meinen
Westernstiefeletten, die ich immer vor der Tür lasse, weil sie

aus dem Stall kommen und danach riechen. Blut ist im Schuh, Blut ist im Schuh. Ich bringe es nicht über mich, in sie hineinzuschlüpfen. Ich lasse sie vorerst stehen und bin unschlüssig. Sie kamen aus Florida zu mir, als Geschenk, und sind reich verziert. Ich wende mich dem Treppenhaus zu und registriere Blutspuren an den Wänden bis fast ganz hinunter. Ich bemühe mich sehr, in der Mitte der Stufen zu bleiben und nichts zu berühren. Auch kein Geländer. Am Abend sieht alles noch gleich aus. Ich kann es fast verstehen, welcher Hausmeister fühlt sich da noch zuständig? Das oberste Treppenfenster weist ein sternenförmiges Loch auf, noch liegen Splitter auf dem ausladenden Sims. Auch hier feine Blutstropfen, schon vermählt mit dem grünlichen Anstrich. Das Blut führt mich zu meinen Stiefeletten, die ich los sein möchte und nicht mehr an meinen Füßen spüren. Dann springt es meine Stirn an wie ein Krabbeltier: Im Traum war ich Stewart Lane in China.

TIAN

❧

Bei welchem Anlass ich mich in Tian verliebt habe, ist mir längst nicht mehr präsent. Mich erwischte es heftig und ganz schmerzhaft an der Seite. Er nahm dies mit ungerührter Selbstgefälligkeit zur Kenntnis und verlor kein Wort darüber. Tians Probleme bestanden aus Alkohol und Männern. In Letztere erlaubte er bloß, sich zu verlieben. Mit ihnen ein Leben zu leben, unterlag der eigenen Zensur.

Selbst wenn ich immer wieder behaupte, dass es mir noch nie passiert sei, im Unterschied zu allen mir ansonsten bekannten Personen weiblichen Geschlechts, mich in einen Schwulen verliebt zu haben, so ist das, wie stets, nur die halbe Wahrheit und deshalb trage ich diese Behauptung wie einen Schutzschild vor mir herum, ja, prahle gar damit, dass nichts meinem Radar entgehe, was auch nur die Spur homosexuell sich gebärdet. Aber selbst ich bin einem auf den Leim gekrochen, wenn auch, ich muss mich wirklich verteidigen, dies ein Schwuler mit Freundin war – was heißt das schon, meine permanente Rede –, der darüber hinaus ein eindeutiges Flirtverhalten zeigte – ja, ich weiß, aus meiner Optik – und sich selbst alles andere als genau positionieren wollte. Letzteres zumindest wurde mir fremdbestätigt. Seine Erscheinung entsprach mir, er war nicht allzu groß, etwas bullig, mit einem vielleicht schön zu nennenden Gesicht, auf jeden Fall tiefblickenden Augen, die mich einnahmen. Doch in aller Regel muss das Äußere nur grob stimmen, das allerdings schon, letztlich verliebe ich mich in Gesten und Verhalten, Darreichungen. Wie einer die Hand hält, um Wind abzuwenden, sich zu mir umwendet, um zu sehen, was mit mir ist. Immer das Wie. Wie einer ein Buch in die Hand nimmt oder es wieder auf den Tisch legt. Wie einer sich selbst vergisst und konzentriert an etwas arbeitet, das kann ein Automotor sein oder ein Elektrokabel oder ein kaputtes Kinderspielzeug. So kriegt man mich, wenn man sich achtet, oder besser: sich nicht achtet. Bei Frauen hat das alles keine Sinnlichkeit und rührt nicht. Ihnen fehlt die Selbstvergessenheit, dafür nie die Pragmatik. Das ist schon bei Frauenkindern so, kleine Mädchen verstellen sich viel schneller, kaum gleitet ein Schatten Aufmerksamkeit über sie hin. Ja und mich fesselte auch, wie er die Zigarette hielt, mit den Fingerspitzen und nicht zwischen Scherenfingern, mit den Fingerspitzen, als handle es sich um einen Stein, den man genauer betrachten will. Daneben fürsorgliche Gesten, z. B. um eine Flamme zu schützen. Sein Haar war stark gekraust und leicht drahtig, aber so pflegeleicht, wie es nur Männerhaar sein kann. Nach jeder Dusche legte es sich von selbst in Form und strahlte und glänzte und wurde so gut wie nie matt.

Als ich bei ihm in der Küche saß, war es wie üblich. Wie ich zu dieser Einladung gekommen bin, schwant mir nur noch. Möglicherweise dank Persistenz. Wie üblich wurde ich Zeugin des gesamten Kochvorgangs, Tian spulte den Prozess so weit zurück, dass ich noch das Auspacken der Einkaufstaschen miterleben durfte. Irgendwann wird mich einer am Tisch sitzen lassen und noch schnell einkaufen gehen, denn, ja klar, ich verstehe, vorher sind wir einfach nicht dazu gekommen. Und dann sitze ich da mit meinem Wasserglas, einem der allergewöhnlichsten Wassergläser mit Waffeldekor, und wenn ich wenigstens Eiswürfel hätte und sitze und hätte jetzt allerlei anfangen können innerhalb der Wohnung, die ja nun mein war auf eine halbe Stunde. Aber genau in solcher Situation hätte ich mich nie vom Fleck bewegt, nicht mal bis hin auf die Toilette. Es schien mir einfach zu einfach. Es war kein Reiz dabei, unverhohlen und eben nicht verstohlen etwas auszukundschaften. Wenn quasi alles vor einem daliegt. Nein, dann nippte ich lieber an besagtem Glas. Bei meiner Mutter war es so, dass sie häufig noch einmal zurückkehrte, mit dem Aufzug bis runter und durch die Haustüre und dann das Ganze rückwärts und relativ laut und brüsk und besitzergreifend stand sie sogleich mitten in der Wohnung, während Vater und ich uns bereits von unseren Plätzen bewegt hatten, die wir für die Verabschiedung eingenommen hatten, und nun ging's hin zum Kühlschrank oder zum Schnapsschrank oder zum Kleiderschrank, einfach nur um zu schauen, ob etwas drin war, auf das man hätte Lust haben können.

Man wusste also nie. Ich blieb sitzen und las, was in einer Küche an Buchstaben sich so zusammenrottet. Das ist nicht gerade unbeträchtlich, verglichen etwa mit einem Badezimmer. Erstens die Produktanpreisungen. Leute, die ihre Lebensmittel nicht in den Kühlschrank verbannen, haben immer Lektüre beim Sitzen auf Küchenhockern. Auf jeder Büchse und Flasche steht, wozu sie gut ist und womit sie sich am besten verträgt. Und ein Rezept kriegt man auch gleich mitgeliefert, für die ganz Einfallslosen. Zudem ist es so, dass der Mensch bevorzugt seine Post auf den Küchentisch schmeißt, nicht etwa ins Büro oder aufs Bett, und sie dort erst einmal ziehen lässt, offen für alle Augen auf der Suche nach Buchstabensystemen. Ich könnte Zeitung lesen, müsste dann aber alles verrücken. Ich lese lieber etwas über die traditionsreiche, berühmte Pastafamilie, bei der die Töchter und Söhne immer weitermachen und aneinanderkleben und noch besser zu werden versprechen. Selbst über Biozertifizierung weiß ich noch nicht alles und kann mich bilden. Ich könnte auch die Postkarten wenden, aber da höre ich schon die klapprige Eingangstür, halb Holz, halb Glas, die so einbruchsicher ist wie ein Höhleneingang.

Bin schon zurück, trotz der vielen Leute.

Ja, sage ich, war ganz schnell.

Dann weiß ich nicht mehr, was sagen und werde verlegen. Er packt das Gemüse aus und wieder Pasta und jetzt kann ich etwas beitragen.

Pasta hätte es noch gehabt.

Ach ja, sieh da. Aber sind nicht die gleichen und ich esse sie fast jeden Tag.

Ich auch, ja. Habe es sehr gern.

Fürchterlich lahmer Dialog, aber ich bin wie gehemmt. Ich könnte immer noch fortfahren und spritziger werden, bin aber nicht in meinem Revier und unsicher. Auch Tian hält sich zurück. Manchmal wünsche ich mir eine italienische Plaudertasche zu der Pasta. Die einfach gutgelaunt schwafelt und die Sonne am Tisch sein will und angespornt wird vom heimlichsten Lächeln. Tian ist in seinem Revier und fühlt sich sicher, er weiß, ich bin seinetwegen da.

Als ich dann vor meinem Suppenteller Pasta sitze, bekomme ich auch mein Glas Wein und zögerlich entwickelt sich ein Gespräch. Ich stelle die Fragen.

Nein, er wisse nicht recht, ob sie nun getrennt seien, er und seine Freundin, das sei irgendwie im Unklaren geblieben. Aber jetzt sei sie ja weg, das wäre vielleicht ganz gut. Im sonnigen Oslo oder Helsinki, dachte ich mir aus. Und eine lang- und dunkelhaarige Frau dachte ich mir dazu, mit Knabenfigur in ausgebeulten Jeans.

Tian rief mich mitunter sogar an, da konnte ich nichts sagen. Manchmal brauchte er einen Wagen und ich drehte es dann immer so, dass er mich als Fahrerin mit zu akzeptieren hatte. Bei jeder anderen Auto-Anfrage hätte ich einfach abgelehnt, ich meine, von einem Mann herstammend, mit dem ich nicht involviert sein wollte, und auch Tian hätte ich den Wagen nie überlassen, ich wusste, er wäre damit kollidiert. Sinnlos sich überschlagen oder nach einem hässlichen Bremsgeräusch, das die Nerven gegen den Strich kämmte, in den dicken Baum gedonnert, der immer da steht, gleich hinter der Kurve.

Manchmal erhielt ich einen Anruf während der Arbeit, ich hatte gerade einen Sortier- und Archivierjob im Souterrain einer Maschinenfabrik und konnte dort nur gerade mit einer Frau über mein Herz reden, die andern machten mir Angst in ihrer Burschikosität. In andern Belangen und generell kam ich mit Flegelfrauen klar. Auch wurde ich vom betriebseigenen Ingenieur, einem gockelhaften Franzosengeck, der nicht zu entmutigen war, in einem fort angemacht und ich sollte ihn ständig auf seine drittklassigen Geschäftsreisen begleiten, auf meine Kosten, was er nicht im Unklaren ließ und er brachte mir eifrig Paris-Prospekte und Stadtpläne und war es in seinen Augen die goldene Chance, die dank ihm sich mir bot. Da sein Bild mich immer wieder auch amüsierte, wenn er in seinen kariert-gemusterten Hosen bei uns unten auftauchte, irgendwie leichtfüßig daherkam, ich brauche jetzt das Wort scharwenzelte, nahm ich ihn nie ernst und es verblüffte mich bloß seine Dreistigkeit.

Als Tian an einem Sonntag wieder meinen Wagen brauchte und ich mich den ganzen Vormittag über beeilt hatte, um ja rechtzeitig und darüber hinaus noch präsentabel zu erscheinen, wollte er mit mir auf eine Alm im Nachbarskanton, wo das alljährliche Gemeindefest stattfand, welch ein Gräuel.

Dass er dort ein paar Leute kenne, hatte er mir von selbst mitgeteilt dass er nur eine bestimmte Person zu treffen hoffte, solchen Reim hätte ich mir alleine machen müssen, wäre jedoch in meiner Liebesbeschränktheit darauf nie verfallen. Nachdem wir die Alm erreicht hatten – es war eine von denen mit Parkplatz –, saßen wir auch geschwind mit den Gemeindebekannten am langen Tisch, ich mit Tian auf einer Bank vis-à-vis den andern. Ganz fraglos fand ich die Atmosphäre und die Darbietungen dieses Nachmittags zum Flüchten. Wer hätte mir etwas Schlimmeres antun können, als mich zu einem Zwiebel-Bier-Senf-Ereignis mitzuschleppen, bei dem die Ohren unablässig mit lüpfiger – ja, es gibt helvetische Adjektive, für die es sich zu schämen lohnt – Ländlermusik gefoltert wurden. Ich fühlte mich so schlecht in meiner Haut, als hätte ich einen ganzen Menschenschlag verraten. Allerdings handelte es sich bei Tians Bekannten nicht um die Dümmsten und manch einer meinte gar, ich sei Tians Freundin, was dieser dann erbärmlich begrinste. In allem Alkoholdunst sah ich zunehmend klarer und nüchterner und ließ weder Hopfen noch Malz wirken. Auch fuhren wir dann noch eine Alm weiter, immer auf diesen schrecklichen Schotterstraßen, wie ich es hasste, nur um gleich wieder auf Holzbänken vor Bierkübeln zu sitzen. Auch widerte mich das Essen an. Überall die gleichen senfverschmierten Pappunterlagen mit angebissenen Brotkanten und Wurstzirbeln; immer steckte noch eine zerknuddelte Fettspuren-Serviette im Senf. Wie nur ein ganzes Volk solcher Widerwärtigkeit frönen mag. Doch in der Not biss auch ich in diese überdimensionierten Brotscheiben, um erst etwas im Magen und dann etwas zum Speien zu haben. Nun gut, ich war für den Aufbruch. Gespräche schafften es nicht über Geplänkel hinaus und immer nagte in mir das Gefühl, eigentlich zu stören. Ich hätte Tian abgeben sollen und dann wieder gehen. Er war an etwas, zu dem mir der Code fehlte. So viel spürte ich noch; aber dass er an dem glatzköpfigen Gegenüber interessiert sein würde, dessen Mischung aus autoritärem und jovialem Gehabe mich nicht einnahm, solches aufzunehmen, blieb mir versagt. Dieser, uns altersmäßig weit überlegene Bax gab sogar einen Vereinspräsidenten ab, wie ich später in Erfahrung brachte, was mir in geradezu perfekter Weise das letzte Puzzleteil zu ihm lieferte. Folglich war Bax ein Jemand in Gemeinden und Vereinen und hatte sogar Pferde, wie mir Tian immer wieder mitteilte, nur um mich dazu umzustimmen, doch noch mit zu Bax zu fahren, der einen Hof besaß, selbstverständlich am abgelegensten Punkt, den ein so kleines, dichtbesiedeltes Land überhaupt aufzuweisen hat. Wie man ahnen kann, war ich dazu nicht zu bewegen. Ich wollte gar nicht mehr Auto fahren und hätte liebend gern einem Chauffeur das Feld überlassen und Tian hätte liebend gern diese Rolle übernommen, doch war er inzwischen dermaßen blau, dass ich selbst Schiss verspürte mit ihm als Beifahrer. Ich hätte ihn wirklich auf dieser Kuhfladen-Alp lassen sollen, doch fühlten sich die andern, eingeschlossen Bax, verpflichtet, ihn in guten Händen zu wissen und waren froh, ihn mir zu überlassen. Das sind ganz üble Heuchler, sagte ich mir und dazu, warum ich verpflichtet zu sein schien, mich aller Besoffenen anzunehmen und warum mich dieselbe Person, in die ich nüchtern verliebt war, in Trunkenheit abstieß. Dieselbe Person, man führe sich das vor Augen. Ist also Liebe eine Frage der Blutzusammensetzung? Und auf unserem mörderischen Abwärtsslalom, bei dem mir Tian mehrfach ins Steuer griff und mich geradezu machistisch dazu aufforderte, in den fünften Gang zu wechseln und stets das Gelalle von den Pferden auf den gesprungenen Lippen, bestand ich im Grunde nur noch aus Entschlossenheit, nämlich sicher zu mir zu gelangen. Mittlerweile war das Eindunkeln fortgeschritten und ich musste drastisch werden, um Tian daran zu hindern, mit mir zu verunfallen: Zum einen hielt ich im Niemandsland am Straßenrand und befahl ihm, zu Fuß weiterzugehen. Dazu wäre er kaum in der Lage gewesen, doch zeigte es Wirkung als erzieherische Maßnahme. Zum andern schnitt ich seine Rede von Bax' Pferden – die ich mir als heubäuchige, dummäugige Kaltblüter ausmalte – dadurch ab, dass ich nicht prinzipiell an Pferden interessiert sei, sondern nur an der edlen, leichtfüßigen, leichtrittigen Schnittmenge der Gattung. Und dann philosophierte ich, glaub ich, noch eine Weile über die Wörter rittig und Rittigkeit und was sie genau beinhalteten, denn immer, wenn mir sowieso niemand zuhört, kann ich genauso gut ausführlich werden und Tian grunzte und maulte neben mir bezüglich meines Fahrstils, bis ich den Motor abwürgte, weil ich es geschafft hatte und vor dem Haus stand, in dem mein Bett geduldig auf mich wartete.

Da meine Wut inzwischen nur noch glimmte und ich auch keine Lust hatte, mir von Tian mein Auto verkotzen zu lassen, nahm ich ihn mit hinein und sogar mit ins Bett, wo er denn auch gleich in tiefste Betäubung fiel. Aber immerhin, einmal ist er neben mir gelegen. Davor hatte er mich noch während meines gesamten Abschmink- und Zubettgehprozesses angeölt, ihm Geld zu leihen fürs Taxi, wenn schon nicht die Autoschlüssel. Ich ignorierte ihn so perfekt, ich hatte dazu genau das richtige Maß an kalter Wut in mir, um seine Aggression zu kastrieren. Ich sah durch ihn hindurch, ich lief durch ihn hindurch und ging nach ihm zu Bett.

Da meine Wohnung auf dem Land lag und mein Archivjob in der Stadt, klingelte der Wecker hahnenfrüh und hätte ich mich sonst noch geräkelt, war diesmal nicht daran zu denken. Ich brachte alles hinter mich, was morgens so unvermeidlich scheint und ließ Tian ins Bad, während ich noch etwas las oder Kaffee trank oder vielleicht auch geschäftig tat. Dann bat er mich, nicht mehr ins Bad zu gehen, weil es nun zu sehr stinke, aber in Gottes Namen, ich hatte nur eines und musste die Zähne putzen, selbst wenn dieser Zwiebel-Kacke-Geruch mir wirklich an die Nieren ging.

Im Nachhinein besehen führte ich mich daraufhin wohl etwas sadistisch auf, ich mutete dem verschmuddelten, teighäutigen, vor sich hin müffelnden Tian erst eine lange Tramfahrt in die Stadt zu und dann noch einen Café-Besuch, wo er nur einen Pfefferminztee zu sich nahm, als könnte dieser die Situation beeinflussen. Auch weigerte ich mich, ihm Geld zu leihen, was bestimmt viele meiner Bekannten in ähnlicher Situation getan hätten. Doch ich hegte eben ein Flair für totale Niederlagen und uns beiden war klar, dass, was immer auch unsere Beziehung gewesen sein mag, an diesem Montagmorgen vor einem unansehnlichen Gebäude in einem übersehenswerten Stadtviertel ihr Waterloo gekommen war.

SICILY

∾

Den Schlaf meines Lebens schlief ich auf der Überfahrt von
Napoli nach Palermo auf dem Schaukelschiff des Mittelmeers.
Einer ganzen Traube Mädchen gelang es knapp am Morgen, mich
wachzuschaukeln. Ich fiel wie aus einem neuen Leben. Mir gefällt, wie dieser Schlaf meiner Erinnerung angehört.

Ansonsten war alles an dem Schiff ausgerichtet auf Massen-
haltung. Wir schleusten uns durch Morgen- und Abendbuffet
und standen so lange an der Reling, bis Napoli irgendetwas hätte
sein können, aus Tüll oder Rahm.

Waren wir doch ein Haufen Welpen auf ihrem ersten Land-
gang. Landläufig wird Maturreise dazu gesagt. Als wir in Palermo
an Land gingen, erblickten wir als Erstes die durchlöcherten Ver-
kehrsschilder. Trotz der nicht auffindbaren Projektile fanden wir,
Palermo hielt, was es unserer Erwartung versprach. Wir achteten
in der Folge darauf, wo wir hintraten, auf unseren Exkursionen
zu fruchtvollen Marktständen und prachtvollen Monasterien. Der
blaue Jesus von Monreale verstörte mich lange und nachhaltig in
meinen meerblauen Tagträumen und gedankenlosen Schläfchen.

Beherbergt wurden wir in Meeresnähe am Stadtrand in einer
klassischen Villa mit wucherndem Garten, dennoch ganz dem
Charme des Verfalls hingegeben. In unseren hohen Zimmern
mit eigenem Badezimmer fühlten wir uns wie Filmstars oder
mindestens wie frisch verheiratete Frauen. Wir diskutierten
unsere Rollen allerdings nie, auch Sexualität kam nicht auf den
Tisch. Selbstverständlich waren wir nicht bar aller Erfahrung,
wir konnten sogar ein klasseneigenes Paar vorweisen, das unaus-
gesetzt turtelte und flirrte wie eine Spieldose mit ewigem Um-
lauf. Der Exfreund des Paarmädchens war, da ebenfalls maturreif,
mitgefahren und betrachtete die Planschenden angeekelt. In dem

scharf geschnittenen Gesicht mit den hellsten Augen machte sich der Ekel gut und alle ließen ihn in Ruhe, nachdem er mit dem absoluten Satz „Das Meer ist besetzt" jeden weiteren Versuch, ihn ins Wasser zu locken, abgedrosselt hatte. Solch ein Meisterwurf von Satz war dazu angetan, uns auf der ganzen Reise zu begleiten und diente fortan als Statthalter für jedwedes Nein, Ichkannnicht oder Ichwillnicht. Wir Übrigen fanden genug Platz in den Wellen vor Palermo, sintemalen auch die Einheimischen kopfschüttelnd am Strand verharrten und die Arme verschränkt hielten vor ihren Winterpullovern.

Immer wieder, als die Reise ihren Fortgang nahm, waren wir bei jedem Wind unterwegs auf archäologischen Feldern, zwischen Tempelsäulen, die schienen, als würden sie gleich nach unserer Abfahrt zu Sand zerfallen und sich mit dem ausgetrockneten, völlig kargen Boden so vermischen, dass es später keinem Forscher, und sei er noch so gewissenhaft, je gelänge, sie wieder zusammenzuleimen, so dass vor lauter Wüstenwind und Trockenheit nichts bliebe neben Sandkörnern. Mittlerweile bedeckten auch wir uns mit Windjacken und Kapuzen und tranken in den Hotelbars bevorzugt Kamillentee und Cappuccino, der erst Jahre später zum globalen Exportschlager verkommen sollte. Tagsüber klüngelten sich Mädchengruppen und Jungengruppen und nur des Abends bei der obligaten Calzone oder Pizza kam es zur Zusammenrottung, ansonsten war eine Durchmischung der Geschlechter immer ein klares Signal spezifischer Anziehung. Und darauf hatten wir unser Augenmerk, kann man sich denken.

Obwohl gerade die dominierende Mädchengruppe nahezu kompetitiv wirkte, wenn es darum ging, sich beim Essen zurückzuhalten, so verdanken wir doch der Reise manchen neuen kulinarischen Genuss, zum Beispiel ein milchiges Eis der Sorte „Fior di latte", und das zu einer Zeit, als noch nicht einmal „Stracciatella" in aller Munde war. Und weil wir Mädchen wenig zu uns nahmen, hatten wir umso mehr Zeit für die Schönheitspflege und setzten uns deshalb immer frisiert, ja, gar geschminkt zu Tisch und ich trug gerne einen libellengrünen Lidschatten auf, der nur in einem gebräunten Gesicht seine Wirkung tat.

Da wir über eine Lehrerin verfügten, deren Italienisch offenbar passabel war, überließen wir ihr anstandslos den Kontakt mit den Bewohnern, den Kellnern, den Hoteliers und Früchteverkäufern und unternahmen nicht die mindeste Anstrengung, uns dieser Sprache anzunähern. Ja, im Grunde näherten wir uns auch der Insel nicht an, schon gar nicht deren Geschichte oder der ach so wichtigen Orange, sondern kamen allenfalls uns selbst auf die Spur und unsern feineren Organen.

Im Ganzen bleibt uns Sizilien als sehr steiniges Land in Erinnerung. Auf trockenen Böden stehen und zerfallen Tempel und Höhlen, zerfällt alles, was von Menschenhand in und aus Stein gehauen werden kann, Grotten und Kegel und Villen, in denen Mosaike selbst an den Rändern zu blättern beginnen, ja, sich Bikinimädchen wie Seeungeheuer zerbröseln und unbeirrbar wieder zu dem werden möchten, worauf sie stehen, immer weiter zermahlt werden möchten, von fein zu feiner, von Kiesel zu Steinchen zu Sandkorn zu Stäubchen. Eine solche Trockenheit liegt in der Luft, dass man wie angeworfen Lust bekommt auf alles, was trinkbar ist, selbst auf eine Cola. Und einem urplötzlich die Hotelbar als der kühlste und angenehmste Ort der Welt erscheint, da völlig im Schatten. Und zusätzlich zur Trockenheit weht der übelbeleumundete Scirocco aus allen Fugen und Spalten den letzten Kitt und Schmelz aus allem, was zusammenhält. Und nur, weil wir wissen, dass wir einem tausendjährigen Einsturz zusehen, zu irgendeinem Zeitpunkt vor Ablauf der 1000 Jahre, weil wir es ahnen, vielmehr, macht uns das Zuschauen klamm und kalt und wir bekommen steife Gesichter, so dass wir uns gerne in den Reisebus verkriechen, hinter die sonnendurchwärmten Fenster, von denen wir sicher wissen, dass sie keine Staubpartikel durchlassen, zumindest so lange nicht, bis sie selbst wieder zu Sand zerrinnen, senkrecht zerbrechen, wie nur Glas es kann.

Nach einer Reise durch so klangvoll spröde Namen wie Selinunt oder Cefalù machten wir ein letztes Mal Station in Syrakus, doch hatte uns die Entdeckerlust irgendwie verlassen, ja, lagen wir lieber matt in den Hotelzimmern und ärgerten uns über vorzeitige Menstruationen, wie das Reisen so mit sich bringen. Auch hatte sich auf der ganzen Reise bloß eine Romanze ergeben, die zudem so diskret gehandhabt wurde, dass auch das liederlichste Tratschmaul wenig zu beißen bekam. Ich widmete mich einmal dem Ohr des Dionysos, ein andermal den Geschäften der Innenstadt und kaufte ein süsslich riechendes Parfum für meine Mutter, rein um der Konvention gerecht zu werden; der Konvention, man müsse etwas von seinen Reisen mitbringen. Als eines Tages die immer noch Sportlichen auf den Ätna krochen, der nebelumwickelt war wie ein entzündeter Hals in Wollschals, und dies, obschon unser Lieblingsführer die Gegend um den Ätna mit dem Wort „sonnengeküsst" lyrisiert hatte, blieben die von der Reise Ermatteten wiederum im Hotel, ja, entwickelten ein Flair für die großzügig gestaltete Lobby und fingen, um der Langeweile etwas entgegenzuhalten und die vielen Lire doch noch loszuwerden, gar an, sich Cinzanos, Camparis und anderes Italienisches zu genehmigen und gleichzeitig dazu eine Neigung zu entwickeln für ein Land, in dem selbst die Namen der Bitteraperitifs zu Gedichttiteln taugten. Man muss hier auch anfügen, dass etwa ein Drittel von uns gerne zu Zigaretten wie Muratti oder Marlboro griff, was ja bedeutet, dass wir insgesamt eine hochanständige Klasse waren, wenn man zum Beispiel bedenkt, dass im Amerika der 50er-Jahre über 90 Prozent der Erwachsenen geraucht haben und in den Filmen sogar über 100 Prozent.

Gerade als sich Italien jedoch anschickte, mich für sich zu vereinnahmen, wurde diese Begeisterung noch einmal gestaucht auf den Wartebänken am Bahnhof von Syrakus, die voll waren von sabbernden, prallbäuchigen Herren im Unterhemd und mit halboffenem Hosenschlitz, die uns tatsächlich Avancen machten, ja, die so geil waren, dass sie dafür sogar ihre minimalen Fremdsprachenkenntnisse bemühten und uns vorrechneten, wie wir im Handumdrehen zu so und so viel Geld gelangen könnten. Natürlich würdigten wir sie keiner Antwort und kosteten lieber Arancini-Kugeln, die ihren Namen, da nicht ihrem Inhalt, vielleicht ihrer Form verdankten, denn unter einer Kugel in Sizilien stelle man sich am besten, wenn schon nicht am ehesten, eine Orange vor.

Zurückkehrend gelangten wir glücklich bis zur Ewigen Stadt und hatten dort gerade lange genug Aufenthalt für einen Cappuccino im Straßenstaub, inmitten der Rufe junger Männer und dem Antwortgehupe knalliger Autos. Ein paar verließen uns gar in Rom, um der Stadt auf den Grund zu gehen, es waren die Rechner unter uns, die so preiswert wohl nie mehr so weit gelangen würden.

Man will es gar nicht glauben, aber selbst unter 20-Jährige ächzen und verschieben ihr Gesäß in einem fort auf einer mehr als 12-stündigen Bahnfahrt vom äußersten, wohlklingenden Süden in die nasse Tristesse einer, geographisch wie auch sonst, mittleren Grenzstadt. Wir, vor allem die Mädchen, fühlten uns je länger, je unwohler in unseren zerknautschten, abgetragenen Pullis, Jeans und Fledermausblusen und planten, uns alle nur der Reinlichkeit hinzugeben, einmal zu Hause angelangt. Anders als bei der Hinfahrt waren wir nicht im Allergeringsten animiert oder aufgeregt, ja, fühlten uns einmal sogar zu spießigen, humorlosen Kommentaren genötigt, als ab Roma Termini eine italienische Großfamilie mit Picknickkörben und Geschirrgeklapper und schweißigen, feisten Gesichtern wie Hintern unsere reservierten Plätze zum Teil besetzt hielt und wir in den Sitzgängen stehen blieben bis zur Grenze, da wie zu erwarten sich der Schaffner augenblicklich mit ihnen fraternisierte und nicht das klitzekleinste Wörtchen Deutsch mehr sprach und wir, ohne unsere Romanistin, die den Luftweg genommen hatte, nicht einen Stich zu verbuchen wussten.

Endlich im mittleren Norden und das noch knapp vor Mitternacht angekommen, vermissten wir fast alle ein wenig die Papis und Mamis, die nicht wie sonst üblich bei den Skilagern eine Parade bildeten auf dem Bahnsteig, ja, gar untereinander ins Gespräch kamen, sondern zu Hause geblieben waren, womöglich schon unter der Decke lagen, denn waren wir jetzt nicht selbst Erwachsene und konnten uns selbst helfen und alles selber tragen und war es doch genau das, was wir immer gefordert hatten, also was hätte ein Schmollmund uns genützt? Deshalb war ich direkt froh, dass mein Freund wenigstens dastand und ausgesprochen munter wirkte, denn Mitternacht war ja die Zeit, zu der man tatsächlich etwas von ihm erwarten durfte und er mich unbekümmert in Empfang nahm, um sogleich den Tag zu beginnen mit einem beschwingten Spaghettiessen und Wassergläsern voll des Rotweins.

OLINKA –
GESCHICHTEN AUS DER SOWJETUNION

∾

Mit Komplimenten kann OlgaOlinka keineswegs umgehen, sie
nicht verwerten, gerät in Schweißhände, die sie knetet, gerötete
Gesichtshaut, wird geschäftig, will vom Tisch. Hält russische Gast-
freundschaft aufrecht, zeichnet aber ein Bild der Sowjetunion ihrer
Kindheit, in dem wirklich nur gerade die Basis-Menschen etwas
taugten; im Hinterland ist die Architektur scheußlich, die Korruption
wuchert, die Sozialsysteme harzen, ganze Dorfgemeinschaften
werden planiert und verpflanzt; der Anbau von Kartoffeln, wie
Olinka unbelehrbar sagt, in der Provinz sei mühsam, alle Jahre gebe
es Kartoffelkäfer, mutet irgendwie wie Irland an, im 19. Jahrhundert.

Die tatsächlich rührenden und herzwärmenden Kinder, für
die Olinka zuständig zeichnet und vor allem und für alles Ersatz
bietet, sagen, Olga sei ein guter Mensch und gerade der ritterliche
Micha wäre ohne zu Zögern bereit, für sie und ihren guten Ruf zu
kämpfen. Er streunt ganz selbstverständlich in der Nachbarschaft
herum und stattet angrenzenden Kleinladenbesitzern Besuche ab,
um ein klein wenig mit ihnen zu plaudern. Ein ums andere Mal
holt er seine liebenswerte Schwester Dascha mit Freudensprüngen
vom Tanzkurs ab. Olga selbst geht oft mit den Kindern auf Floh-
märkte, weil sie ihnen nur dort ramschbillig jeden Wunsch er-
füllen kann. Sie nimmt die beiden, die nur allzu gern an einem
Bildschirm jedweden Formats hängen, egal ob oder ob nicht dazu
noch Fingerübungen verlangt werden, mit auf Trödelmärkte oder in
Billigshops, wo sich der 8-jährige Micha im Handumdrehn in den
geschliffenen Trödelspezialisten verwandelt, der ein ausgeklügeltes
Auge sein Eigen nennen darf, in Bezug auf preiswerten, nach wie
vor funktionierenden Tand mit Batterieantrieb. Stoffpuppen liegen
drin für Dascha, die dann nicht angerührt werden, da sie keinen
Bildschirm im Gesicht tragen. Für Micha obskure Taschenlampen

in gewundener Form, die er als nützlich, kontrovers zu Olga, einstuft. Alles Alte Mist, wie sie sagt, der wie anderes in einer Ecke zu liegen käme, hatte man dessen Lebenszyklus mehrfach durchgespielt. Mit dem zusammengesparten Taschengeld dreier Monate kaufte sich Micha eines Tages platzend vor Freude und immer mit der zappelnden, aufgeregten Dascha am Hosenzipfel einen sprechenden Kopf mit Beinchen und riesigen Augen, der über einen Mini-Computer Befehle empfing, wie lachen, schlafen, toben, nachplappern, diese ausführte, ja, und bei Batterietiefstand selbst verweigerte. Gemäß Olinka würde auch dies vom Hersteller auf den Namen Humphrey vorbenannte Gerät über kurz oder kurz in der Spielkiste verschwinden, die geduldig vorerst aufnahm und verwahrte, was endgültig zu entsorgen noch zu vehementen Ausbrüchen und spitzen Protestschreien geführt hätte. Die kleine Schwester hängt bei der Vorführung solchen Neuramsches mit fasziniertem Augen abwechselnd am Bruder wie am Gerät, die beide mit größter Lässigkeit ebensolcher Bewunderung standzuhalten wissen.

Olinka liebt und verehrfürchtet Tatiana, die Mutter der Kinder, sowie deren neuen Freund Tom und hat ein unverbautes Gespür dafür, wer in der Seele gut ist. Die Aussicht, mit dem Original-Vater der Kinder, ein dem Flüssigen in jeder Form zugeneigter Brocken, samt diesen zwei Wochen auf einer Yacht im adriatischen Meer herumzuwogen, bloß weil Papa der Schiffscrew vorsteht, ist ihr ein nackter Gräuel, selbstverständlich jedoch begleitet sie die Kinder, die ihre Abneigung nie nach vorne auf die Bühne schieben würde. Wie zu erwarten endet der Urlaub dann auch im Fiasko, mit zwei Großen, die sich im Ping-Pong-Rhythmus Trunksucht wie Fettsucht an den Kopf werfen und zwei Kleinen, die, zum Zuhören genötigt, einiges aufschnappen und an Orten verarbeiten, die nur dünn überkrusten. Mit Micha und Dascha spricht Olga Russisch, benutzt diese allerdings gerne als Dolmetscher ins Deutsche, ihnen bereits jetzt die geistige Hegemonie über sich einräumend, besser übertragend.

Olinkas Gäste müssen mindestens einen Apfel mit auf den Weg nehmen, da gemäß russischer Tradition man diese nie hungrig gehen lassen dürfe. Den Apfel überreicht sie dem Beglückten sauber

entkernt, gewaschen und poliert, so dass nicht gleich in ihn rein-
zubeißen ein schieres Ding der Unmöglichkeit darstellt. Auch der
Schreibenden gibt Olga gerne und freizügig einen kugelrunden
Apfel mit auf den Weg, dem diese, ihn sich einverleibend, jede
Rotbackigkeit raubt, immer eingedenk der kuhäugigen Geberin.
Ein Attribut, das in ihren Augen, wie bereits in antiker Zeit, ein
großes Lob darstellt. Überhaupt wird man gerne von Olinka
im Kleinen beschenkt, vermag sie doch sich wirklich zu freuen,
nimmt das Gegenüber etwas an, beobachtet warm interessiert,
wenn man isst, was sie serviert und oft gebacken hatte, heimst
am Schluss das Lob ein, gleich einer scheuen Schönheit.

„In Russland nit habt", dies war ein äußerst beliebter Satzanfang
Olgas, der umfangreichen Kinderfrau von Tatiana, Tanja, Dascha.
Schon immer fand ich, nach jeder Lektüre eines russisch-literarischen
Großkönners, dass nirgends so viel wie im alten Russland hervor-
sprudelte aus vermutlich fünf bis sechs Urnamen pro Geschlecht,
den Monolithen der Namensgebung. Kaskadenartig perlen Namen-
ketten wie mathematische Gleichungen von den Lippen jeder
zentralen Romanfigur. Man bedenke, wie viele Arten es gibt,
um Alexander zu sagen, eines der 5 oder 6 Grundskelette auf
der maskulinen Seite: Aljosha, Sascha, Alexej, Alexis beispiels-
halber. Weiblicherseits kann hier nur Katharina mithalten, die
in ebenso vielen Ausbuchtungen auftritt. Hierzulande ist man
sich dessen nicht bewusst, dass bereits Tanja, von unsereins zum
plumpen Vornamen degradiert, eine Koseform ist. Man müsste
es aus Olinkas Mund hören. Auch bei den Nachnamen, die für
gewöhnlich aus Vornamen gebildet werden, hält sich die russische
Tradition am liebsten bei Ivanov und Petrov auf.

Olga holt sich den faserig glücklichen Teil ihrer Kindheit zurück
mit den deutschen Puppen, die sie jetzt versiert über ebay ins
Haus kommen lässt, die allerdings früher in russischen Spiel-
warengeschäften ihre Aufwartung bloß machten, um sogleich
im Bekanntenkreis der Verkäuferinnen zum Exklusivangebot zu
werden und für immer vom zugänglichen Markt zu verschwinden.

Olgas Puppen sind nicht teuer, dazu meistens proper angezogen mit ganzen Unterhosen plus Bündchen, darüber kurzes Röckchen. Meistens stammen sie aus dem, gerne von den Erben auch vorgezogenen, Nachlass einer alten Dame und werden, sollten sie einen muffigen Geruch verströmen, in die Besenkammer verbannt. Toms Auto barst an den Seiten und senkte sich durch, als ihm zugemutet wurde, eine Sammlung von 38 Puppen, Provenienz Deutschland, aufgeteilt auf 4 Pakete, nebst dem Wocheneinkauf, den Kindern und schachtelweise neuen Zalando-Schuhen hinter Olinka und sich selbst als Fahrer zu verstauen und sicher nach Hause zu führen.

Niemand hätte auf Anhieb, nicht einmal auf Vertiefung geahnt, dass Olinka sich bei den großen Russen bestens auskennt. Dies offenbart sie zu der Schreibenden Verblüffung dennoch wie etwas Natürliches und warum denn sollte eine schwer übergewichtige Matrjuscha, deren Kopf über all dem Fett ganz klein erscheint, die von den ihr anvertrauten Kindern nicht vergöttert zwar, aber doch geliebt wird, die ihrerseits die Vergötterung für die Mutter mit den Kindern teilt, die kaum zu hinterfragen scheint, was sie tut, die in Porzellanpuppen schwelgt und mit anderen Russinnen dicke Reisebusse füllt, warum sollte nicht auch die als ihren zweiten Lieblingsautor ausgerechnet den intellektuellsten unter den größten Russen angeben dürfen: will heißen, Nabokov für sich beanspruchen, Lektüreempfehlungen aussprechen, die größten Russinnen nicht auslassen und mit Bely sogar über einen Vorsprung verfügen gegenüber der Schreibenden? Dies alles mündet in der Frage: Warum erkennt man sich in einem andern Milieu nicht wieder? Vielleicht wäre es lohnend, die Theorie zu verfolgen, gemäß der anders als geistvoll gar nicht denkbar ist, wer ein kyrillisches Schreibsystem gelernt und beherrscht.

Olinka schleppte zu ihrer Kinderzeit in die Schule, wie und was ihr geheißen wurde. Nebst zahlreichen Büchern für jedes Fach und jede Kunde, die der Sowjetstaat in Hülle zur Verfügung stellte, die andere dennoch gerne nachlässig zu Hause ließen, klaubte sie sonst manches aus Blättern zusammen, um den Altpapierausstoß ihrer Schule zu erhöhen. Sie ging nicht so weit wie manche Kameradinnen, die elterliche Bibliotheken dezimierten, ungeachtet aller Inhalte. Oder die, die mit eisernen Bettfedern kamen, frisch und frei vom Ehebett, das fortan unten schwächer abfing, was oben geturnt wurde. Denn auch zum Altmetallsammeln wurde man angehalten. Selbst von allen Lasten unbeschwert wäre der Schulweg an sich beschwerlich gewesen. Allein bis zur stets überlaufenen Bushaltestelle war es ein langwieriges Trampeln über schlecht erhaltene Pfade, durch matschige Löcher oder aufgerissenen Asphalt. Kam Olinka endlich aufgewärmt an – will extrem viel heißen während drei Viertel des Jahres auf der Höhe von Nichni Nowgorod –, fand sich im Bus kein Platz mehr für sie, der deshalb gleich ganz aufs Anhalten verzichtete, jede Haltestelle verschmähend verhöhnte. Manchmal fand Olga erst im dritten Bus Platz, die sich nicht vordrängte und dank all ihrer Fett-, Stoff- und Wollschalen bereits damals viel Raum einnahm. Gleich einer stoischen Eselin wäre es ihr aber nie eingefallen, alles auf sich beruhen zu lassen und wieder nach Hause zu trotten. „Das ist normal“, so ihr durchaus lakonischer Kommentar, des hier angebrachten Präteritums nicht mächtig. Reibungslos war dortzulande schon den Schulmädchen unbekannt.

Olinka wird im Westhaushalt gehalten wie im alten Russland. Ehemals reiche Großgrundbesitzer, heute moderne Ärzte und Molekularbiologen, sind angewiesen auf eine dauerverfügbare Kinderfrau. Die Kinder werden dann Mama und Papa, modern getrennt lebend, nur noch vorgeführt, um gelobt und geherzt zu werden. Die Begrüßungsszenen zwischen Tatiana, Micha, Dacha greifen immer ans Herz, bis Tatiana sie dann wegscheucht wie aufdringliche Kätzchen. Zärtlichkeit wird großgeschrieben in den raren Momenten. Es erinnert mich immer ein bisschen an Nabokovs Kindheit, in dem die Kindermädchen in jedem Punkt eine zentrale Rolle spielten, die Nähe der Mutter jedoch aufgrund ihres Status nur in minimalen Glücksdosen auszuhalten war. Allerdings hatten die Russen vor der Oktoberrevolution noch anständig große Anwesen, so dass jeder sozialen Klasse ihr Flügel zugeteilt werden konnte. Dagegen wirken die Wohnverhältnisse bei Tatiana beschränkt, so dass sich Olinka in die Küche zurückzieht, ist ein Großteil der Familie anwesend. Dort bewirkt allein sie Großes, herrscht sie, ja, führt das Zepter über die Familie, erfüllt Toms schwäbische Begehrlichkeiten genauso wie Tatianas Moskauer Gelüste, ja, backt selig mit glänzenden Rotapfelbäcklein Bewährtes wie Bekömmliches aus beliebtem Buchweizen.

HERZ FÜR AUTOREN A HEART FOR AUTHORS À L'ÉCOUTE DES AUTEURS MIA ΚΑΡΔΙΑ ΓΙΑ ΣΥΓΓΡ
FÖR FÖRFATTARE UN CORAZÓN POR LOS AUTORES YAZARLARIMIZA GÖNÜL VERELIM SZÍ
PER AUTORI ET HJERTE FOR FORFATTERE EEN HART VOOR SCHRIJVERS TEMOS OS AUTO
ZOINKÉRT SERCE DLA AUTORÓW EIN HERZ FÜR AUTOREN A HEART FOR AUTHORS À L'ÉCOU
BCEЙ ДУШОЙ К АВТОРАМ ETT HJÄRTA FÖR FÖRFATTARE À LA ESCUCHA DE LOS AUTO
MIA ΚΑΡΔΙΑ ΓΙΑ ΣΥΓΓΡΑΦΕΙΣ UN CUORE PER AUTORI ET HJERTE FOR FORFATTERE EEN
OINKÉRT SERCE DLA AUTORÓW EIN HERZ FÜR
BCEЙ ДУШОЙ К АВТОРАМ ETT HJÄRTA FÖ

Die Autorin

Franziska Trenkle, 1966 in Basel geboren, ist bereits
seit ihrer Kindheit begeisterte Leserin. Sie studierte
nach der Matura Germanistik und Philosophie an
der Universität Basel und war nach Abschluss ihres
Studiums an verschiedenen Forschungsprojekten
beteiligt, um sich dann immer mehr der Unter-
richtstätigkeit zuzuwenden. Sie unterrichtet hauptsächlich Deutsch als Fremd- und Zweitsprache an
diversen Schulen. Die Autorin widmet ihre Freizeit
der Literatur, den Pferden (Freizeitreiten) oder dem
Freundeskreis.

Zeitfracht Medien GmbH
Ferdinand-Jühlke-Straße 7
99095 Erfurt, Deutschland
produktsicherheit@kolibri360.de